KB068050

한 권으로 끝내는
중국고전 길라잡이

| 중국편 |

Classic Collection

한 권으로 끝내는
중국고전 길라잡이

도서출판
청어람

한 권으로 끝내는 **중국 고전 길라잡이**

초판 1쇄 찍은 날 § 2004년 6월 7일
초판 1쇄 펴낸 날 § 2004년 6월 17일

지은이 § 모리야 히로시
옮긴이 § 장선연
펴낸이 § 서경석

편집장 § 문혜영
편집 및 디자인 § 김희정 · 김민정
마케팅 § 정필 · 강양원 · 이선구 · 김규진 · 홍현경

펴낸곳 § 도서출판 청어람
등록번호 § 제1081-1-89호
등록일자 § 1999. 5. 31
어람번호 § 제3-0030호

주소 § 경기도 부천시 원미구 심곡1동 350-1 남성B/D 3F (우) 420-011
전화 § 032-656-4452 팩스 § 032-656-4453
http://www.chungeoram.com
E-mail § eoram99@chollian.net

ⓒ 모리야 히로시, 2004

ISBN 89-5831-126-6 03820

바쁜 중에 한가로움을 얻고 싶으면

모름지기 먼저 한가한 때 그 마음 바탕을 마련하라.

시끄러운 중에 고요함을 얻고 싶으면

모름지기 먼저 고요한 때 마음의 주인을 세워두라.

그렇지 않으면 마음은 환경에 따라 변하고

사물에 따라 흔들리지 않을 수 없다.

CONTENTS

CONTENTS

CONTENTS

중국 고전의 특징은 한마디로 인간학이라 할 수 있다. 신뢰받는 사회인이 되기 위해서는 어떠한 노력이 필요할까. 다양한 인간관계에 대처하기 위해서는 어떠한 자세가 필요할까. 삼엄한 현실에서 살아남기 위해서는 어떠한 삶의 방식이 좋을까. 조직의 지도자는 어떠한 조건을 갖추어야 하는 것일까. 이러한 인간으로서의 기본적인 문제를 여러 각도에서 조명하고 밝히는 것이 중국 고전이다.

중국 고전이 알려주는 것은 대부분 원리 원칙이다. 이상한 것이나 알 수 없는 것들은 전혀 없다. 오히려 평범하다면 평범한 이야기들이다. 그렇기 때문에 무언가 새로운 것을 기대하는 독자들은 실망할지도 모른다.

또한 중국 고전이 보여주는 것은 어디까지나 현실의 문제이며 실천적인 것들이다. 알기 쉬운 말로 중국 고전은 어떤 의미에서 한약과도 같다. 즉효성은 없어도 복용하다 보면 시간이 흐르면서 조금씩 효과가 나타난다는 점에서 그렇다. 그 장점을 이해하기 위해서는 책을 읽는 사람에게 어느 정도의 인생 경험은 있어야 한다고 생각한다.

원리 원칙은 극히 평범하며 어렵지 않다. 그러나 지식의 단편을 머리로 이해하고 '다 알았다' 라고 하는 것은 반밖에 모르는 것이나 다름없다. 가능한 그 핵심을 흡수하고 그것을 자신의 인생 속에서 활용하는 것이 중요하다. 그것이 '활학(活學)' 이며 특히 중국 고전을 읽을 때는 이러한 자세가 필요하다.

'중국 고전' 이라고 묶어서 표현하기는 했으나 실제로는 그 종류가 매우 많다. 초보자들은 무엇을 어떻게 읽어야 할지 고민할지도 모른다. 우선 가장 기본적인 것으로 『논어』와 『손자』를 들 수 있다. 일단 한 권으로 되어 있는 것을 원한다면 『채근담』부터 읽어보는 것도 재미있을 것이다. 이런 식으로 읽기 시작한 뒤 각자의 상황과 기호에 따라 계속 읽어나가면 된다.

　이 책은 최근 수년간 잡지 등에 발표한 글을 모은 것으로 개인의 상황에 맞게 읽을 수 있도록 구성했다. 고전의 대부분이 망라된 이 책이 독자들의 '활학' 에 한몫할 수 있기를 바란다.

　또한 이 책을 읽은 후 좀 더 상세한 원전을 읽어보고 싶은 독자들에게 다음의 졸역과 소저를 권한다.

　『논어의 인간학』, 프레지던트사

　『손자병법』, 미카사(三笠)서방 문고판

　『한비자』, PHP 문고

　『한비자의 인간학』, 프레지던트사

　『정관정요』, 하자마(德間) 서고

　『신석 채근담』, PHP 문고

　『삼국지의 인물학』, PHP 문고

『실설 제갈공명』, PHP 문고

『삼국지의 영걸 조조전』, 종합법령

『십팔사략의 인물 예전』, 프레지던트사

－1995년 6월 모리야 히로시

군자도 곤경에 빠진다. 하지만 소인은 궁지에 몰리면 마음이 동요하는 것에 반해 군자는 어떤 곤경에 처해도 마음의 평정을 유지한다.

1

역경에 처할수록
더욱 본연의 이상을 향해

『논어』1

만족을 누리지 못한 공자

공자를 좋아한다고 말하는 것 자체가 성인을 모독하는 짓이라고 비난받을 일일지도 모르지만 나는 공자에게 큰 매력을 느낀다.

공자는 세속적인 의미의 만족을 누리지 못한 사람이었다. 학성(學成)이라 하여 정치에 뜻을 두었으나 뜻을 이룬 것은 극히 짧은 순간이었으므로 만족을 누리지 못한 시기가 훨씬 더 길었다. 더구나 만년에는 아들을 비롯하여 믿던 제자들이 먼저 세상을 떠나기도 했다. 그러나 공자는 많은 역경 속에서도 꿋꿋했으며 끝까지 자신의 이상을 관철했다.

공자는 역경에 강한 인물이었다. 강하다고는 하지만 이를 악물고 완강하게 버텨 나가는 강함은 아니었다. 물론 고통스러워하거나 약한 모습을 보이지도 않았다. 항상 여유로운 모습으로 역경을 헤쳐 나갔다.

망명 중에 공자 생애 최대의 재난이라 불리는 '진채(陳蔡)의 액(厄)'이라는 사건이 일어났다. 난병에 포위되어 벌판에서 오도 가도 못하며 남은 식량이 바닥나 굶주린 데다, 피로까지 누적되어 병자가 속출하는 상황에 빠졌다. 그러나 공자는 그 속에서도 제자들에게 평소처럼 시서를 강의하고 거문고를 연주하며 노래를 불렀다고 한다. 그러한 공자를 보고 자로(子路)라는 제자가 불만을 터뜨렸다.

"군자라도 곤경에 빠지면 힘들어할 수 있는 일 아닙니까?"

그러자 공자가 웃으며 말했다.

"물론 군자도 곤경에 빠진다네. 소인은 궁지에 몰리면 마음이 동요하지만 군자는 어떤 곤경에 처해도 마음의 평정을 유지하지."

君子固窮 小人窮 斯濫矣

공자는 어떠한 역경에 처해도 항상 흐트러짐이 없었다. 그런데 그러한 공자도 생애 단 한 번 흐트러진 모습을 보인 적이 있었다. 만년에 아끼던 제자 안회(顏回)를 먼저 떠나보냈을 때로 이때만큼은 '하늘이시여, 저를 멸하소서'라 말하며 주위의 시선도 아랑곳하지 않고 통곡했다고 한다.

공자가 흐트러진 것은 이때 단 한 번뿐이었다. 공자는 어떠한 역경에 처해도 당황하지 않았으며 항상 온화한 표정으로 앉아 있었다.

맷집 좋은 성격

'맷집이 좋아 강한 복서'라는 말이 있다. 맞아도 맞아도 지칠 줄 모른다는 의미로 결국은 상대가 지게 되어 있다.

역경에 강한 인물은 '맷집이 좋아 강한 복서'와 닮은꼴이라 할 수 있다. 점점 더 심한 고통이 몰려와도 전혀 지치지 않는다. 이는 그 사람의 인간성과도 깊은 관련이 있다.

공자는 어떠한 사람이었을까. 큰 인물은 종과 같아서 두드림에 따라 소리가 달라진다고 한다. 요컨대 공자도 그런 인물이라 할 수 있지만 여기에서는 '맷집이 좋아 강한'것과 관련하여 두세 가지를 지적하고자 한다.

먼저 공자는 궁핍한 생활에도 전혀 고통스러워하지 않았다. 그 점에서는 낙천적인 사람이라 생각할 수 있다. 공자는 『논어』에서 다음과 같이 말했다.

"죽을 먹고 맹물을 마시며 팔꿈치를 베개 삼아 잠든다. 이렇게 빈곤하게 산다 해서 즐겁지 않은 것은 아니다. 그와 반대로 나쁜 짓을 해서 돈과 지위를 손에 넣어 멋진 생활을 하며 사는 것은 하늘에 떠가는 구름과 같다."

飯疏食飮水 曲肱而枕之 樂亦在其中矣 不義而富且貴 於我如浮雲

어느 날 자공(子貢)이라는 제자가 물었다.

"가난해도 비굴하지 않고 부유해도 오만하지 않은 사람은 위대하다고 생각합니다. 어떻습니까?"

자공은 이재에 밝아 공문 중에서 가장 돈이 많았다고 한다. 이러한 질문은 '자신은 오만하지 않다' 라는 생각에서 비롯된 것일지도 모른다. 이에 공자가 대답했다.

"훌륭하지. 좋은 말이다. 그러나 가난하면서도 도를 즐기며 부자이면서도 예를 좋아하는 것만은 못하다."

可也 未若貧而樂 富而好禮者

공자의 낙천적인 일면은 다음과 같은 일화에서도 잘 나타난다.

공자가 이민족의 땅으로 이주하고자 하자 반대하는 사람들이 많았다.

"그곳은 미개하고 누추할 터인데 어떻게 견디시겠다는 말씀입니까?"

그렇게 반대하는 사람들에게 공자는 다음과 같이 대답했다.

"군자가 거처한다면 무슨 누추함이 있겠는가."

君子居之 何陋之有

『논어』에서 이민족의 땅은 오랑캐를 가리키는데 현대로 말하자면 미국의 오지 정도로 생각할 수 있다. 그러한 장소로 이주하는 것을 공자는 조금도 두려워하지 않았다.

공자는 생활인으로서 지극히 강했다. 그것이 역경에 강했던 이유 가운데 하나였을 것이다. 또한 공자는 보통 사람들보다 체격이 뛰어났다. 『사기』에 따르면 키가 9척 6촌이나 되었다고 한다. 한(漢)대에는 보통 성인의 신장이 7척 정도였고 8척 정도면 키가 크다고 했다. 9척 6촌은 그보다 머리 하나 정도 더 큰 것이니 매우 큰 키라 할 수 있다.

역경에 강한 성품은 이러한 체격에서도 비롯되었다고 볼 수 있다.

위 이불맹(威而不猛)

공자에 대해 또 한 가지 주목해야 할 점은 '위이불맹', 즉 매우 온화한 분위기를 띠는 인물이었다는 것이다.

"공자의 성품은 온화하면서도 엄격하고 위엄있으면서도 위압적이지 않으며 예의 바르면서도 옹색함이 없었다."

子 溫而厲 威而不猛 恭而安

또한 자하(子夏)라는 제자는 이렇게 말했다.

"군자는 세 가지 다른 면이 있다. 멀리서 바라보면 가까이 하기 힘든 위엄이 있다. 가까이서 보면 그 인품의 온화함이 느껴진다. 그리고 그의 말을 들으면 엄정함을 느낄 수 있다."

君子有三變 望之嚴然 卽之也溫 聽其言也厲

자하는 일반론적으로 말했지만 이는 분명히 공자를 염두에 두고 한 말임에 틀림없다.

여담이지만 중국인은 원래 감정을 겉으로 표출하지 않는 것을 지도자의 요건으로 가장 중요시한다. 겉으로 표출하지 않는 것은 표정으로 나타내지 않는다는 의미다. 무언가를 이루었을 때나 그렇게 하지 못했을 때나 항상 감정을 겉으로 드러내지 않고 초연할 수 있는 것을 지도자의 요건으로 간주했다. 이것은 현대에도 마찬가지다.

그 인물이 자아내는 '따뜻함'은 인간으로서의 그릇 크기를 의미한다. 또한 그것은 '상선약수(上善若水 : 지극한 선은 물과 같다—노자)' 같은 내면의 유연함과도 관계가 있다. 그리고 그것은 대인 관계에서 역경을 뛰어넘을 때도 장점이 된다. 『논어』에 이런 말이 있다.

자금(子禽)이라는 제자가 형 자공에게 물었다.

"우리 선생은 어느 나라로 가도 지도자로서 추앙받습니다. 그것은 선생이 그렇게 하는 것입니까, 아니면 상대가 그렇게 만드는 것입니까?"

자공은 웃으며 대답했다.

"선생은 그 온화한 성품으로 자연스럽게 그렇게 되신 것이다. 즉, 선생의 구하심은 사람들이 구하는 것과는 다르다."

溫良恭儉讓以得之 夫子之求之也 其諸異乎 人之求之與

'따뜻함', 즉 온화한 성품은 역경을 이겨낼 때 매우 큰 도움이 된다. 인내심 역시 매우 중요하다. 어느 날 공자는 안회라는 애제자에게 말했다.

"자신을 인정하여 써주면 도를 발휘하고, 자신을 인정하지 않고 써주지 않으면 도를 속에다 간직하여 숨길 수 있는 것은 나와 너 정도일 것이다."

用之則行 舍之則藏 唯我與爾 有是夫

인정받지 못할 때는 서두르지 않고 묵묵하게 조용히 때를 기다릴 수 있는 인내심 역시 역경을 이겨내는 데 큰 무기가 된다.

인 생의 고행자

공자는 역경에 강하고 온화하며 인내심이 강한 성격이었다. 이것이 많은 고통에도 '나의 길'을 관철시킬 수 있었던 비결이었으리라. 그렇다면 어떻게, 어디에서 그런 성격이 나올 수 있었던 것일까. 그에 답하기 위해서는 자아 형성기의 공자를 되돌아볼 필요가 있다.

『사기』 및 기타 자료에 따르면 공자는 아버지 무인 숙량흘(叔梁紇)과 어머니 안징재(顔徵在) 사이에서 사생아로 태어났다고 한다. 그리고 아버지는 일찍 돌아가셨으며 줄곧 어머니 손에서 자랐다고 한다. 그런데 이 출생담이 만들어진 것이라고 보는 학자들도 적지 않다. 금문학자인 백천정(白川靜)은 여러 가지 예증을 들며 '공자는 고아였다. 부모의 이름도 몰랐으며 어머니는 어쩌면 무녀였을 수도 있다(『공자전(孔子傳)』)'고 말하기도 했다.

부모의 이름이야 아무래도 상관없다. 한 가지 확실한 것은 어린 시절 아버지 없이 어머니 손에서 길러졌으며 신분도 없고 경제적으로도 충분치 않은 가정 환경에서 자랐다는 점이다. 그런 환경 속에서 공자가 자라온 모습을 이장지(李長之)라는 문학자는 다음과 같이 진실에 가깝게 그려내고 있다.

"공자는 어린 시절부터 주위 사람들의 안색을 읽으며 인정이 차가운지 따뜻한지를 느꼈다. 그러면서 세심하고 신중한 성격을 키워 나갔다. 또한 매우 민감하고 예리하게 상대의 기분을 읽어 내어 무슨 일이 생길 것 같으면 항상 잠시 멈추어 생각하는 습관이 있었다." 『인간 공자』

역경에 굴하지 않고 운명(천명)을 달게 받아들이며 그 속에서 자신을 단련시켜 나간 공자의 일생은 이미 유년 시절부터 예정되어 있었던 것이라 할 수 있다.

공자는 17세에 어머니를 여의고 19세에 결혼하여 20세에 아이를 얻었으며 이후 가족 생활을 영위하기 위한 고투는 끊이지 않았다. 그때의 고투가 『논어』에 기록되어 있다.

대재(大宰)가 공자의 제자 자공에게 물었다.

"당신의 선생은 성인입니까, 아니면 기예에 뛰어난 사람입니까?"

"물론 선생은 하늘이 성인으로 길러준 분이십니다. 선생이 기예에 뛰어난 것은 그것과 상관없는 일입니다."

훗날 이 이야기를 들은 공자가 말했다.

"대재는 나를 잘 아는구나! 나는 어려서 비천했기 때문에 미천한 일도 잘한다. 그러나 기예에 뛰어나다는 것은 칭찬받을 만한 일이 아니다. 군자와는 관계가 없는 일이기 때문이다."

大宰 知我乎吾少也 賤故 多能鄙事 君子 多乎哉 不多也

이에 대해 뇌(牢)라는 제자는 다음과 같이 말했다.

"선생께서는 '나는 세상에 등용되지 못하였기 때문에 재능이 많아졌다' 라고 하셨다."

子云 吾不試故 藝

일설에 의하면 공자는 20대 시절 두 번 정도 하급 일을 한 적이 있다고 한다. 젊은 시절 공자는 그런 말단 일에까지 손댈 정도로 가난하고 만족치 못한 생활을 했다.

공자는 인생의 풍운에 단련된 고행자였다. 고행자가 아니었다면 말할 수 없었던 이야기들이 바로 『논어』에 가득 수록되어 있다. 두 가지 정도 더 들어보겠다.

불만의 시기를 버티게 해주는 목적 의식

"가난하면서 원망하지 않기는 어렵고, 부자이면서 교만하지 않기는 쉽다."

貧而無怨難 富而無驕易

"군자를 모실 때 세 가지 주의해야 할 점이 있다. 말할 때가 아닌데 말하는 것, 이것을 조급하다고 한다. 말할 때가 되었는데도 말하지 않는 것, 이것을 숨긴다고 한다. 얼굴빛을 보지 않고 함부로 말하는 것, 이것을 눈치없다고 한다."

侍於君子 有三愆 言未及之而言 謂之躁 言及之而不言 謂之隱 未見顔色而言 謂之瞽

이러한 말들 역시 생활고와 고통스러운 인간관계를 체험한 사람이 아니면 할 수 없는 말들이다.

공자가 남다른 점은 그런 축복받지 못한 생활환경 속에서도

자신의 뜻을 확실하게 세우고 그것을 일생 동안 지키며 살았다
는 것이다.

　"나는 열다섯에 학문에 뜻을 두었다."
　吾 十有五而志于學

　학문이라 해도 특정 선생에게 배운 것이 아니라 독학에 가까
운 것이었다. 다음은 제자 자공의 증언이다.

　"선생께서는 어디선들 배우지 아니 하겠으며 또한 어찌 일정
한 스승이 있겠는가."
　夫子焉不學 而亦何常師之有

　배우는 태도 또한 매우 진지했다. 그 스스로 다음과 같이 말하
고 있다.

　"나는 태어날 때부터 모든 것을 저절로 아는 사람이 아니다.
다만 옛 선인들의 업적을 좋아하며, 열심히 부지런히 그것을 배
워 알게 된 사람에 지나지 않는다."

我非生而知之者 好古敏以求之者也

이는 꾸준히 노력하며 혼자서 열심히 갈고닦은 것이 누적되어 나온 말이라 할 수 있다. 이러한 노력에는 '만성'이 있을 수 없다. 그가 세상에서 인정받기 시작한 것은 나이 40이 훨씬 지나서였다. 공자가 '四十而不惑'이라 말한 것은 40이 되어 처음으로 자신의 나아갈 방향에 대해 확신을 가질 수 있었다는 뜻이며,

"사람이 40세가 되어서도 미움을 받으면 그 사람의 앞날은 더는 볼 것이 없다."

年四十而見惡焉 其終也已

"사오십에도 학문과 덕으로 이름이 나지 않은 사람은 무서워할 필요가 없다."

四十五十而無聞焉 斯亦不足畏也已

라는 말은 어떤 의미에서 평범한 사람들을 낙담시킬 수도 있다. 그러나 사십 대는 그 나름의 실적을 쌓아 올릴 수 있는 나이

로 이해할 수 있다.

사십 대는 오늘날 개념으로는 인생의 중반에 이르는 시기이지만 공자의 시대에서는 거의 종반에 가까운 나이였다.

요컨대 공자는 궁핍한 환경에서 자신을 일으켜 세우고 꾸준히 노력하여 사회로 진출한 인물이다. 그의 궁핍한 환경이 그를 '맷집이 강한 인물', '역경을 이겨내는 인물'이 되게 한 가장 큰 이유일 것이다.

천명을 자각하다

공자가 역경을 깨치는 데 원동력이 된 또 다른 하나는 바로 '천명'이다.

중국인은 인간 세계에서 일어나는 일들에는 모두 하늘의 의지가 개입된다고 인식했다. '천명'이란, 즉 하늘의 의지다. 공자 역시 '천명'을 믿었으며 지극히 겸허한 태도로 그것을 받아들였다. 『논어』에서 한 예를 들어보자.

"군자가 두려워할 일이 세 가지 있다. 첫째, 천명을 두려워하며 둘째, 어른을 두려워하며 셋째, 성인의 말씀을 두려워하는 것이다. 소인은 천명을 알지 못하여 두려워하지 않으며, 어른을 대수롭지 않게 여기어 존경하지 않으며, 성인의 말씀을 업신여긴다."

君子 有三畏 畏天命 畏大人 畏聖人之言 小人 不知天命而不畏
狎大人 侮聖人之言

'천명' 앞에서 인간의 영예와 지위는 아무것도 아니다.

공자는 '五十而知天命'이라 했다. 여기에서 천명을 아는 것이란 하늘로부터 받은 사명을 자각한다는 의미이며 따라서 강렬한 사명감을 뜻한다.

공자가 자각한 사명감은 잃어버린 사회 질서를 회복하여 이상적인 사회를 재현하는 일이었다. 공자의 후반 생은 천명을 자각하는 것으로부터 시작했다고 해도 과언이 아니다.

공자는 정치 혁신의 이상을 향해 큰 힘을 쏟았는데 이 때문에 세상을 등진 은자(隱者)들로부터 '쓸데없는 짓을 하고 다니는 사람'이라며 조롱을 받았다. 또한 그 같은 열성으로 말미암아 많은 고난을 당하기도 했다. 이는 모두 사명감에서 비롯된 일들이었다.

또 여러 번의 수난극을 헤쳐 나가는 원동력이 된 것도 역시 사명감이었다. 공자는 위기를 맞닥뜨려도 항상 태연하게 대처했다. 예를 들어 광(匡)이라는 지역에서 박해를 받을 때의 일이다. 공자는 조금도 동요하지 않고 다음과 같이 말했다.

"하늘이 아직 이 사문을 없애려 하지 않는데 광인이 나를 어찌하겠는가(문왕과 주공이 남긴 학문과 사상을 사문(斯文)이라 하고 자신은 천명으로 사문을 이어받았다고 자부한 것이다ㅡ역주)?"

天之未喪斯文也 匡人 其如予何

또한 송 나라에서 환퇴(桓魋)라는 사람이 목숨을 빼앗으려 하자 공자가 말했다.

"하늘이 나에게 사명을 주셨는데 환퇴가 나를 어찌할 수 있겠는가?"

天生德於予 桓魋其如予何

이 역시 초연한 태도로 위기에 대처한 것이라 할 수 있다.

공자는 강렬한 사명감을 발판 삼아 위기를 헤쳐 나갔다. '천명'의 자각은 위와 같이 사명감으로 이어져 사람을 적극적으로 만들기도 하지만 그 반대로 조용히 체념하게 만들기도 한다.

앞서 서술한 것처럼 인간 세계의 모든 현상에는 하늘의 의지가 작용하고 있다. 즉, 생사, 길흉, 화복 등도 모두 하늘의 손에 달려 있으며 인간의 힘으로는 그것들을 어떻게 할 수 없다. 이 역시 '천명'이라 할 수 있으며 특히 인간의 힘이 미치지 못한다는 점을 강조할 때는 '명' 한 글자만 사용하는 경우가 많다.

공자와 '명'

예를 들어 이런 이야기가 있다. 한 고조 유방(劉邦)이 죽음에 임박했을 때 이를 걱정한 여후(呂后)가 백방으로 손을 써 천하의 명의를 찾아냈다. 그런데 유방은 다음처럼 말하며 힘들게 데려온 명의를 돌려보냈다고 한다.

"명은 하늘에 달려 있으니 편작이라 해도 어찌할 수가 없다."

여기에서 유방이 강조하고 있는 것 역시 '명'이다. '명' 앞에
서는 편작과 같은 명의라도 어찌할 수 없다는 말이다.

그렇다면 '명'을 자각하면 어떻게 될까. 역경에 처하거나 위
기에 당면하면 누구나 당황하며 난처해한다. 그래서 상처를 더
욱 크게 만든다. 그때 '명'을 자각하면 조금은 덜 당황할 수 있
다.

역경은 무리하게 헤쳐 나가는 것이 아니다. '불필요한 저항'
은 하지 않는다는 의미다. '명'을 받아들이면 모든 것을 체념할
수 있지만 그것이 억지로 근근히 연명해 나가는 것을 말하지는
않는다. 역경에 처해도 동요하지 않고 초연하게 대처하는 태도
를 가질 수 있다는 뜻이다. 여기에서 체념은 단순히 단념하는 것
이 아니라 적극성을 내포하는 의미라 하겠다.

중국인의 인생 태도는 옛날부터 이 '명'을 근간으로 형성되어
왔다. 공자는 '명'을 어떻게 생각했을까. 『논어』 가운데 '명'에
대해 언급한 부분이 있다.

염백우(冉伯牛)라는 제자가 불치병에 걸렸다. 한센씨 병이었

을 것으로 추측된다.

병문안을 간 공자는 창 너머로 백우의 손을 잡으며 '명인 것인가' 하고 탄식했다고 한다. 애처로운 일이지만 어찌할 수 없다는 뜻이었을 것이다.

또 이런 일화도 있다. 제자 자로가 노(魯) 나라의 중신 이손(李孫)을 섬기고 있을 때의 일이다. 동료인 공백료(公伯寮)라는 사내가 이손에게 자로의 험담을 늘어놓아 곤경에 빠뜨렸다. 이를 걱정한 중역 가운데 한 사람이 그것을 공자에게 보고하면서 자신이 그것을 해결하면 어떻겠냐고 청했다. 공자가 대답했다.

"도가 행해지는 것도 천명이며 도가 없어지는 것도 천명이니, 공백료가 천명을 어찌하겠는가."

道之將行也與 命也 道之將廢也與 命也 公伯寮 其如命 何

도리가 통하든 통하지 않든 그것은 모두 '명'에 따른 것이다. 공백료가 아무리 나쁜 짓을 하려 해도 명을 거스를 수는 없다는 의미다. 또한 『논어』에서 공자는 말하고 있다.

"명을 모르고서는 군자일 수 없다."

不知命 無以爲君子也

공자가 믿은 '명' 역시 역경에 초연히 대처해 나갈 수 있는 힘
이 되어주었다.

자신에게 엄하고 남에게 후하면 원망이 멀어진다.

2

신뢰받는 사회인의
조건이란 무엇인가

『논어』 2

공자에게 배우는 신뢰의 조건

공자의 인품은 온화하고도 엄격하며 위엄을 겸비하면서도 위압감이 없고 예의 바르면서도 옹색함이 없었다고 한다.

너무 엄격한 얼굴을 하고 있거나 험악한 분위기를 만드는 사람 주위에는 아무도 모여들지 않는다. 주변에 사람을 모이게 하려면 온화함이 느껴지게 해야 한다.

물론 온화함만으로 가능한 일은 아니다. 온화하기만 한 사람은 엄격해 보이지 않을 수 있다. 온화함 속에 엄격함이 흘러야 하며 그 균형이 맞아야 한다. 또한 인간관계에 적절한 선을 그을 줄 아는 것, 즉 예의 역시 사회인으로서 갖추어야 할 중요한 조건 중의 하나다. 그러나 그것에 너무 구애되면 융통성이 없어 보이거나 옹색해 보일 수도 있다. 가능한 느긋하고 의젓하게 예를 갖출 줄 아는 것이 좋다. 공자가 바로 그런 인물이었다. 즉, 다른 사람들에게 신뢰받는 인품을 형성할 수 있는 방법을 공자에게 배울 수 있다.

지금까지 공자의 제자들이 한 말을 통해 공자에 대해 알아보았다. 그렇다면 공자는 자신을 어떻게 표현하고 있을까. 『논어』 중에서 두 군데를 들어보겠다.

어느 날 제자 가운데 한 사람이 물었다.

"선생님은 매일의 생활 속에서 어떤 삶을 살고자 하십니까."

"늙은이를 편안하게 해드리고, 벗들에게 믿음을 주며, 젊은이들이 따르게 하고자 한다."

老者安之 朋友信之 小者懷之

연장자들을 편안하게 하고 동료들에게는 신뢰를 주며 연소자들이 자신을 따르게 하고 싶다고 말한 것이다.

어떻게 보면 지극히 평범한 이야기일 수도 있지만 잘 생각해 보면 정말로 이상적인 말이다. 이렇게 살고자 하는 마음이 조금이라도 있다면 주변 사람들에게 신뢰받는 인간이 될 수 있을 것이다.

또 이런 이야기도 전해진다.

어느 날 어느 나라의 지체 높은 사람이 공자의 제자 자로에게 물었다.

"공자는 어떤 사람입니까?"

자로는 이 질문에 얼른 확실하게 대답할 수 없었다. 공자에게

이 이야기를 전하자 공자가 말했다.

"왜 대답하지 못했는가. '공자라는 사람은 무언가에 열중하면 끼니도 거를 정도다. 진리를 깨우치면 걱정거리도 나이 드는 것도 잊어버리는 사람이다' 라고 말했으면 될 텐데."

女奚不曰 其爲人也 發憤忘食 樂以忘憂 不知老之將至云爾

이는 공자가 꽤 나이 들었을 때 있었던 일로 추정된다. 나이가 들었다고 해서 인생의 목적을 잊은 것이 아니다. 그는 목적을 잊고 그저 의미없이 지내는 사람과는 상대하고 싶지 않아 했다.

이 이야기에서 목적을 가지고 진취적인 자세로 살아간 공자의 삶을 배울 수 있다.

자신에게 부가가치를

주변 사람들에게 신뢰받는 인간이 되기 위해서는 능력과 인격 둘 다 갖추어야 한다. 주어진 임무를 확실하게 해낼 수 없다면 사회인으로서 실격이다. 또 인격 면에서 결함이 있다면 이것 역시 주변에 사람들을 모이게 하는 데 결격 사유다.

요컨대 양면에서 자신의 실력을 기르는 것, 즉 자신의 부가가치를 높이는 것이 선결 과제라 할 수 있다.

우리는 자주 자신의 실력은 인식하지 못하면서 인정해 주는 사람이 없다고 투덜거린다. 그러나 투덜거린다고 해서 나아지는 것은 전혀 없다.

공자도 그런 언사를 경계했다.

"남이 나를 알아주지 않음을 걱정하지 말고 내가 남을 알지 못함을 탓하라."

不患人之不己知 患不知人也

자신을 인정해 주는 사람이 없다고 불평을 늘어놓을 것이 아니라 자신에게 인정받을 만큼의 실력이 없다는 것을 걱정해야 한다는 의미다. 불평불만만 늘어놓으며 소심해져 있으면 인생의 새로운 전망을 개척할 수 없다. 그럴 여유가 있으면 조금이라도 자신의 실력을 닦는 것이 성실한 삶의 태도다.

공자는 또한 이렇게 말했다.

"지위가 없음을 걱정하지 말고 자신의 자격을 걱정하라. 나를 알아주지 않음을 걱정하지 말고, 알려질 만한 일을 하고자 노력하라."

不患無位 患所以立 不患莫己知 求爲可知也

알아주는 지위를 가질 수 없다고, 자신을 인정해 주지 않는다고 언제까지 걱정만 하고 있어서는 안 된다. 지위를 가질 수 있을 만한 실력을 갖추는 것, 누구나 인정할 수밖에 없는 그런 일을 하는 것이 더욱 중요하다.

그렇다면 자신을 갈고닦아 조금이라도 자신의 부가가치를 높이기 위해서는 어떻게 하면 좋을까. 이 문제에 대해서도 공자는 『논어』에 몇 군데 적절한 조언을 해두고 있다. 몇 가지를 소개하겠다.

첫째로 '온고지신' 이다.

"옛것을 알고 새로운 지식을 터득하면 능히 스승이 될 수 있다."

溫故而知新 可以爲師矣

역사를 깊이 연구하여 그것을 통해 현대를 인식할 필요가 있다는 의미다. 즉, 역사와 고전도 현대를 살아가는 데 많은 참고가 된다.

고전이나 역사책에는 선조들의 지혜와 고초가 담겨 있다. 그러한 기록이 있는데도 배우려 하지 않는 것은 걱정스러운 일이다. 공자도 이런 점을 말하고 있다.

물론 그저 책을 읽기만 하는 것은 아무 의미가 없다. 자신의 머리로 생각하면서 읽는 것이 중요하다.

공자도 이렇게 말했다.

"배우기만 하고 생각하지 않으면 얻음이 없고 생각만 하고 배우지 아니하면 위태롭다."

學而不思則罔 思而不學則殆

독서만 하고 사색하지 않으면 지식을 습득할 수 없으며 사색에만 빠져 독서를 게을리 하면 독선적이 된다. 책에 쓰인 것을 그냥 읽기만 할 것이 아니라 자신의 머리로 생각하면서 읽는 것이 피가 되고 살이 된다는 의미다.

또 자장(子張)이라는 제자가 공자에게 물었다.

"원하는 곳에서 일하기 위해서는 어떻게 공부하면 좋습니까?"

"무엇보다 지식을 익혀야 한다. 하지만 그저 알기만 해서는 안 된다. 의문은 의문으로 남겨두고 이해할 수 있는 것만을 흡수하여 실천해야 한다. 그럼으로써 사상이 탄탄해지고 행동에 확신이 생기도록 자신을 갈고닦는 것이 좋은 곳에서 일할 수 있는 비결이다. 지위를 얻기 위해 특별한 방법이 있는 것은 아니다."

우선 지위에 걸맞는 인간이 되기 위하여 자신을 갈고닦는 노력을 하라는 의미다. 지름길을 놔두고 멀리 돌아가라는 뜻으로 들릴 수도 있으나 이것이 더욱 확실한 방법일지 모른다.

이렇게 자신을 갈고닦기 위한 노력은 하루 이틀로 완성되지 않는다. 조금씩이라도 좋으니 매일매일 쌓아나가는 것이 중요하다. 1, 2년 정도로는 눈에 띄는 효과가 나타나지 않을 수도 있지만 10년, 20년 지속하면 효과는 반드시 나타나게 되어 있다.

조금씩이라도 쉬지 않고 하는 것이 중요하다. 공자도 그것을 강조하고 있다.

어느 날 염구(冉求)라는 제자가 말했다.

"선생님이 말씀하시는 것을 이해할 수 없는 것은 아닙니다. 단지 너무 멀리 있는 이야기라 제 힘이 그에까지 미치지 못합니다."

공자는 다음과 같이 실의에 빠진 제자를 격려해 주었다.

"힘이 닿지 않는다면 중도에 쓰러질지도 모른다. 그러니 스스로 안 된다고 단념하지 말라."

사실은 그렇게 노력하고 있는 사람이 바로 공자 자신이었다.

"나는 태어날 때부터 모든 것을 저절로 아는 사람이 아니다. 다만 옛 선인들의 도를 좋아하며, 힘을 다하여 부지런히 그것을 배워 알게 된 사람에 지나지 않는다."

我非生而知之者 好古敏以求之者也

자신에게는 선천적인 재능이 없으며 단지 선인들의 업적을 탐구하고 그것을 열심히 연구한 것뿐이라고 강조하고 있다.

"모두 나를 성인 또는 인자라 생각하지만 그렇지 않다. 나는 단지 성인과 인자를 이상으로 삼고 열심히 배우고 익힌 것을 여러분에게 알려주는 것뿐이다."

사실 재능이나 소질에는 개인차가 있으며 그 점에서 공자는 매우 겸손했다. 아무리 100의 소질을 지니고 태어났어도 그것을 갈고닦는 노력을 게을리 하면 소질의 30~40밖에 발휘하지 못하고 끝나 버린다. 반대로 50의 소질을 갖고 태어났어도 노력하면 70~80까지 발휘할 수 있다. 문제는 재능이나 소질을 발휘하기 위한 노력에 있다.

공자는 그 노력을 쌓아 올린 사람이었다. 우리도 공자를 배워 자신을 갈고닦는 노력을 지속한다면 인생의 새로운 전망을 개척할 수 있을 것이다. 그렇게 믿고 힘써 나가는 것이 중요하다.

인간관계에 어떻게 대처할 것인가

신뢰받을 수 있는가, 그렇지 못한가는 모두 인간관계로 결정된다. 즉, 신뢰받는 인간이 되기 위해서는 인간관계에 어떻게 대처하는가가 가장 중요하다.

물론 공자도 이 인간관계에 대해 여러 각도에서 언급하고 있다. 몇 가지를 소개하겠다.

"믿음을 주지 못하면 아무도 따르지 않는다."

不信 民弗從

'신'은 거짓을 말하지 않으며 약속된 것은 반드시 지킨다는 의미다. 아무렇지도 않게 말을 바꾸는 사람은 인간으로서 신뢰받지 못한다. 인간 실격이라 해도 과언이 아니다.

그렇다면 '신'을 지키기 위해서는 어떻게 하면 좋을까. 우선 평소 말을 신중하게 해야 한다.

공자도 이를 확실하게 말하고 있다.

"군자는 말은 더디되 행동은 민첩하게 하려 한다."

欲訥於言而敏於行

군자는 언변에 뛰어나기보다 실천에 적극적이어야 한다는 의미다.

또 이런 말도 있다.

"군자는 그 말이 실행보다 지나친 것을 부끄러이 여긴다."

君子 恥其言而過其行

군자는 말만 앞서고 행동이 뒤처지는 것을 부끄러워한다는 말이다.

또 다음과 같은 이야기도 전해진다.

공자에게 염옹(冉雍)이라는 제자가 있었는데 어떤 사람이 염옹을 이렇게 비판했다.

"저 남자는 인자일 수도 있겠지만 아쉽게도 말을 너무 못한다."

이 말을 들은 공자는 다음과 같이 말했다.

"아니다. 말을 잘 못하기 때문에 좋은 것이다. 말을 잘하면 오히려 사람의 마음을 어지럽히고 원망을 살 위험이 크다. 염옹이 인자인지 아닌지와는 별개로 말을 잘하지 못하는 것은 오히려 장점이다."

물론 이렇게 말했다고 해서 무조건 말을 못하는 것이 좋다는 뜻은 아니다. 말을 해야 할 때는 하고 주장해야 할 때는 확실히 자신의 말을 주장할 수 있어야 한다. 그 정도의 언변은 사회인으로서 당연히 갖추어야 한다.

공자도 그 필요성을 중시했다. 단, 말을 해야 할 때가 아닌데 계속 말하거나 필요하지도 않은 이야기를 계속 지껄이는 태도는 경계해야 한다. 그렇지 않으면 사람이 경박해 보일 뿐만 아니라 중요한 '신'까지 잃을 수 있기 때문이다. 공자 역시 그런 사람을 매우 싫어했다.

이것은 다음과 같은 말에서 명확히 드러난다.

"좌구명은 말을 꾸미고, 얼굴빛을 치장하고, 지나치게 공손한 것을 부끄러워했는데 나 또한 그러하다."

巧言令色足恭 左丘明 恥之 丘亦恥之

좌구명이 어떤 사람이었는지 잘 알 수는 없지만 그는 속셈이 빤히 들여다보이는 말, 얼굴로만 하는 겉치레, 바보 같을 정도의 겸손한 태도를 부끄러워했다. '구(丘)'는 공자의 이름이며 '구 역치지(丘亦恥之)'는 '나도 그런 것을 싫어한다'라는 자신의 생각을 삽입한 것이다.

교언이나 영색을 일삼는 사람은 어딘가 모르게 가벼워 보이며 인간에 대한 신뢰가 느껴지지 않는다. '교언란덕(巧言亂德: 교언은 덕을 어지럽힌다)'이라는 말도 공자가 한 말이다. 우리도 항상 말을 신중히 해야겠다.

인간관계에서 '인(仁)'은 빠져서는 안 될 요소다. 공자는 '인'을 인류 가운데 가장 가치있는 것으로 인식하고 있다. 그렇다면 공자가 말하는 '인'은 어떤 의미일까.

공자는 사람을 만나 법을 설파하거나 어떤 이야기를 들을 때 상대의 지위와 위치에 적절한 대답을 했다. '인'에 대한 질문에도 상대에 따라 여러 가지 답변이 있었다. 예를 들어 어느 제자에게는 '사람을 사랑하는 것이다'라고 대답했는가 하면 '일상에서 신중하고 사려 깊게 행동하는 것, 일할 때는 그것을 소중히 여기는 것, 타인에게는 항상 성의를 다하는 것. 이 세 가지를 염두에 두라'고 설명하기도 했다.

'인'은 자신이 인간이면 상대도 인간이라는 인간으로서의 공감을 전제로 생겨날 수 있는 것이다. 쉽게 말하면 상대의 기분을 생각할 줄 아는 마음이라고도 할 수 있다.

자공이라는 제자가 물었다.

"백성을 곤궁함에서 구하고 생활을 안정시키는 것, 이것이야말로 인이 아닐까요?"

그러나 공자는 인이란 그렇게 고차원적인 것이 아니라고 대답했다.

"인은 우리 주변 가장 가까이에 있다. 자신의 명예를 소중히 여기는 만큼 타인의 명예를 소중히 여기는 것이다. 자신이 자유롭고자 한다면 타인의 자유를 존중해야 한다. 이렇게 자신을 항상 타인의 상황으로 두고 보는 것, 그것이 바로 인이다."

'인'이 이런 것이라면 이 역시 신뢰받는 사람이 되기 위한 중요한 요건 가운데 하나가 된다.

너무 차갑거나 너무 엄격한 사람 주위에는 아무도 모여들지 않는다. '인'은 타인의 상황과 기분을 생각하는 온화한 마음이다. 온화함은 얼굴과 몸짓에서 자연스럽게 드러날 수밖에 없다. 따라서 그 온화함은 주변에 사람을 모여들게 하고 커다란 매력으로 작용하게 된다. 그런 의미에서 '인' 역시 중요한 조건이다.

마지막으로 실천적인 조언을 하나 더 들어보겠다.

"자신에게 엄하고 남에게 후하면 원망이 멀어진다."

躬自厚而薄責於人 則遠怨矣

자신에게는 엄격하게, 타인에게는 관용적인 태도로 대하면 타인의 원망을 사지 않는다는 의미다.

인간관계에서 다른 사람의 원망을 사는 것만큼 힘든 일은 없다. '자신에게는 엄격하게, 타인에게는 관용으로'를 실천하면 원망을 피할 수 있다. 이 역시 인간관계의 기본으로 마음에 새겨 두기 바란다.

예를 지키면서 예로써 조절한다

공자에게는 아들이 하나 있었다. 공리(孔鯉)로 자는 백어(伯魚)였다. 제자 가운데 한 사람이 공리에게 물었다.

"당신은 아들이니 아버지에게 뭔가 특별한 가르침을 받았겠지요?"

공리가 대답했다.

"아닙니다. 그저 언젠가 아버지가 혼자 당상에 서 계실 때 마침 뜰을 지나고 있는 저를 보시고 '시를 공부하였느냐?'라고 말을 건넸습니다. 저는 '아직 못했습니다'라고 대답했고 아버지는 '시를 읽지 않으면 표현력이 없어진단다'라고 타이르셨습니다.

저는 그 후 시를 공부하였습니다. 또 아버지가 혼자 당상에 서 계실 때 제가 마침 뜰을 지났고 아버지는 이번에는 '예를 공부 하였느냐' 라고 물었습니다. '아직 못했습니다' 라고 하자 '예를 배우지 않으면 사회인이 될 수 없다' 고 말씀하셨고 저는 그 후 예를 공부하였습니다. 특별한 가르침이라면 이 두 가지밖에 없 습니다."

이 이야기에서 '정훈(庭訓 : 뜰에서의 가르침)' 이라는 말이 생 겨났다. 지금도 부모가 자녀에게 하는 교육을 '정훈' 이라고 표 현한다. 이 이야기에서 주목해야 할 것은 '예를 배우지 않으면 사회인이 될 수 없다' 는 공자의 가르침이다. 원문에는 '불학례 무이립(不學禮 無以立)' 이라고 나와 있다. 공자는 그만큼 사회 인의 조건으로 예를 중시했다.

그렇다면 예란 무엇일까. 한마디로 인간관계를 다스리는 규범 이다. 예가 없으면 사회의 질서가 지켜질 수 없을 뿐만 아니라 사회 그 자체가 성립될 수 없다. 정확히 말하면 인간관계의 구분 이라고도 할 수 있다.

예를 지키면서 예를 따르는 것은 사회인의 조건이자 신뢰받 는 인물의 조건이다. 물론 약 2천 5백 년 전의 공자 시대와 오 늘날의 예는 그 내용이 다르다. 그러나 기본은 같고 그 밑바닥에 흐르는 정신은 거의 변하지 않았으므로 오늘날도 참고할 수 있는 면이 많다 하겠다. 그 예로 다음과 같은 말을 들 수 있다.

"예절에는 조화가 중요하다. 선왕의 도 역시 이것을 아름다움으로 여겼다. 그러므로 크고 작은 모든 일들이 여기에서 나왔다. 그러나 조화가 행해지지 않는 경우도 있으니 조화만 알고 예로써 조절하지 않는 것 또한 행해지지 않는 것이나 다름없다."

禮之用 和爲貴 先王之道斯爲美 小大由之 有所不行 知和而和 不以禮節之 亦不可行也

이는 다음과 같이 풀이할 수 있다.

"예는 엄격한 것이다. 그러나 예를 행할 때는 조화의 마음이 근본이 되어야 한다. 고대 성왕들의 도가 훌륭했던 것도 이 조화의 마음이 있었기 때문이다. 그러나 어떠한 경우든 조화의 마음이 완벽할 수는 없다. 아무리 조화를 중요시 여긴다 해도 예로써 이를 조절하지 않으면 아무 소용이 없다."

여기에서 '예'와 '화'가 함께 등장한다. '화'는 사회생활을 영위해 나갈 때 없어서는 안 될 요소지만 '화'만 중요시하면 인간관계의 조절은 불가능하다. 이 때문에 '예'로 조절할 필요가 있는 것이다.

그렇다면 인간관계에서 '예'가 없어졌을 때는 어떻게 하면 좋을까. 공자는 좀 더 구체적으로 말하고 있다.

"공손하면서 예가 없으면 힘만 들고, 신중하면서 예가 없으면 두렵기만 하고, 용맹스러우면서 예가 없으면 난폭하기만 하고, 강직하면서 예가 없으면 위태롭기만 하다."

恭而無禮則勞 愼而無禮則 勇而無禮則亂 直而無禮則絞

다시 말해 '정중한 태도는 좋지만 예가 없는 정중함은 힘만 들 뿐이다. 어떤 일이라도 신중히 처리해야 하나 신중함에도 예가 동반되지 않으면 소심해 보인다. 용감한 것은 좋으나 이 역시 예가 없으면 폭력적으로 보이기 마련이다. 솔직함도 예가 갖추어진 솔직함이 아니라면 냉혹해 보일 수 있다'라는 의미로 풀이된다.

이것은 오늘날의 상황에도 그대로 적용된다. 즉, '예'는 사회인으로서 반드시 갖추어야 할 중요한 조건이다.

'예'는 여러 약속들로 성립된다. 다도 예법에서 꽂꽂이를 떠올려 보면 금세 이해할 수 있을 것이다. 이는 예로부터 지금까지

변함이 없다. 단, 그러한 약속이 어떤 내용이든 그것은 부차적인 문제이며 중요한 것은 예를 갖추는 마음이다. 요컨대 마음의 문제다. 공자도 자주 이 점을 강조했다.

어느 날 림방(林放)이라는 제자가 물었다.

"도대체 예의 본질은 무엇입니까?"

공자가 대답했다.

"중요한 문제로구나. 그렇다. 예는 사치스러운 마음보다 검소한 마음가짐이 좋다. 예를 들어 장례를 치를 때도 형식을 갖추기보다는 고인의 명복을 비는 마음가짐이 우선이다."

형식보다는 마음이 중요하다는 말이다.

공자는 또 이렇게 말하기도 했다.

"윗자리에 있으면서 너그럽지 못하며, 예를 시행하면서 공경하는 마음이 없고, 상을 당하고도 슬퍼하지 않는다면 내가 무엇으로 그를 보겠는가."

居上不寬 爲禮不敬 臨喪不哀 吾何以觀之哉

지도자의 상황에 있으면서 관용을 모르는 사람, 예를 지키는 행동을 하면서도 마음에 성심이 없는 사람, 장례식에 있으면서도 슬퍼하는 마음을 가지지 않은 사람이라면 그 사람을 보고 싶지 않다는 의미다. 여기에서도 공자는 예가 마음의 문제라 말하고 있다. 예를 아무리 잘 갖추었다고 해도 마음에 예가 없으면 사회인으로서 실격이라고 해도 좋다.

결론적으로 예의 기본은 다음 세 가지 정도로 요약할 수 있다.

첫째, 행동거지에 주의를 기울인다.
둘째, 얼굴 표정에 주의를 기울인다.
셋째, 언행에 주의를 기울인다.

'별것 아니군' 하는 생각이 들지도 모르겠다. 그러나 이 세 가지를 확실히 하는 것만으로 주위 사람들에게 주는 인상은 완전히 달라진다.

공자의 제자 중에 부모에게 효를 실천한 사람으로 유명한 증자(曾子)라는 사람이 있었다. 증자가 『논어』에서 말했다.

"행동거지로 예를 나타내면 폭력적인 인상을 면할 수 있다. 얼굴 표정으로 예를 나타내면 그 인물에 대한 신뢰감이 높아진다. 언행으로 예를 나타내면 경박한 인상을 없앨 수 있다."

신뢰받는 인물이 되기 위해서는 이러한 '예'의 기본 정도는 몸에 익혀야 한다.

'명'을 자각하고 인생을 즐긴다

『논어』 가운데 '삶과 죽음은 명에 있으며 부귀는 하늘에 있다(死生有命 富貴在天)' 라는 유명한 말이 있다.

삶과 죽음, 즉 생사의 열쇠는 '하늘'이 쥐고 있다는 뜻이다. 물론 인간의 힘이나 노력에는 한계가 있다는 의미도 포함된다.

『논어』의 여러 부분에서 '명'을 언급하고 있으며 공자 역시 자주 명에 관해 이야기한다. '명'은 인간의 노력을 초월한 것을 뜻하는데 하늘의 의지, 쉽게 말해 운과 불운이라고도 할 수 있다. 공자와 중국인들은 그런 것들이 인생에 관여하고 있다고 믿어왔다.

공자라는 사람은 본디부터 '명'을 믿었을 뿐만 아니라 이에 대한 자각을 군자가 되고자 하는 사람의 중요 조건으로 내세웠다.

"명을 모르고서는 군자일 수 없다."

不知命 無以爲君子也

군자란 능력과 인격을 겸비한 훌륭한 사람을 말한다. 명을 자각하지 못하고서는 군자로서의 자격이 없다고 이야기한 것으로 보아 공자는 그것을 아주 중요하게 여겼다는 사실을 알 수 있다.

그렇다면 '명'을 자각하면 어떤 점이 좋을까.

일반적으로 역경에 처했을 때 '명'을 자각할 수 있다. 그럴 때 절대로 하면 안 되는 일이 두 가지 있다.

첫째, 자신의 책임을 팽개치고 불평불만만을 늘어놓거나 다른 사람을 원망해서는 안 된다. 그래서는 자신에게 아무런 이득도 없다. 오히려 점점 미궁 속으로 빠져들 뿐이다.

둘째, 조급하게 허둥대서는 안 된다. 마음에 여유가 없다고 그 상황 속에 빠져 허우적대면 더 나쁜 결과를 초래할 수 있다. 그럴 때는 당황하지 말고 가능한 마음을 가라앉혀 차분히 대처하면 좋은데 이때 도움이 되는 것이 바로 '명'이다.

'명'의 자각은 인간의 힘을 초월한 커다란 것에 의지할 수 있다는 의미이기 때문이다. 자신보다 더 큰 것에 의지함으로 체념할 수도 있고 또한 당황하지 않을 수도 있다.

물론 여기서 말하는 체념은 일반적인 단념과는 다르다. '이번에는 역경이지만 언젠가 좋은 일로 바뀔 수도 있다. 끝까지 그때를 기다려 보겠다'는 마음가짐이다. '명'을 자각했을 때의 장점은 이렇게 생각할 수 있게 한다는 데 있다. 공자 역시 그런 자세로 역경을 헤쳐 나갔다.

마지막으로 공자가 꼭 배워두기를 권고한 한 가지를 말하고자 한다. 사실 공자는 역경 속에 있으면서 그 나름의 방법으로 혼을 다해 인생을 즐기고자 한 사람이다.

"무언가를 아는 사람은 그것을 좋아하는 사람만 못하고 그것을 좋아하는 사람은 그것을 즐기는 사람만 못하다."

日知之者 不如好之者 好之者 不如樂之者

또한 이런 말도 했다.

"죽을 먹고 맹물을 마시며 팔꿈치를 베개 삼아 잠든다. 이렇게 빈곤하게 산다 해서 즐겁지 않은 것은 아니다."

飯疏食飲水 曲肱而枕之 樂亦在其中矣

인생을 즐기기 위해서는 무엇보다 경제적인 여유가 있어야할 것이다. 그러나 경제적인 여유가 없다고 해서 즐길 수 없는 것은 아니다. 경우에 따라서 얼마든지 자신에게 맞는 즐거움을 찾을 수 있다. 공자의 즐거움은 그 점을 가르쳐 준다. 단, 공자는 같은 즐거움이라 해도 유익한 즐거움과 유해한 즐거움두 종류가 있다고 했다. 그리고 각각의 예를 세 가지씩 들고 있다.

우선 유익한 즐거움은 첫째, 예와 음악 장단의 즐거움. 둘째, 다른 사람의 좋은 점을 널리 알리는 즐거움. 셋째, 좋은 친구를 많이 가지는 즐거움이다.

유해한 즐거움은 첫째, 제멋대로 구는 즐거움. 둘째, 게으르게 지내는 즐거움. 셋째, 술과 여색에 빠지는 즐거움이다.

일반적으로 사람들은 유해한 즐거움에 더 잘 빠지기 마련이다. 그러나 가능한 공자가 말한 것과 같은 유익한 즐거움을 가질 수 있어야 한다. 그렇게 살 수 있다면 신뢰받는 사람에 한 걸음 더 가까이 갈 수 있으리라 확신한다.

전쟁에 능한 자는 승리를 세에서 구하며 다른 사람의 능력을
탓하지 않는다.

3

지도자에게 꼭 필요한
조직을 움직이는 지혜

『손자』

『손자』는 지도자의 필독서

『손자』에 나오는 병법을 단순히 군사를 다스리는 방법이라는 의미로 이해하는 사람들이 있다. 물론 그렇게 이해해도 틀리지는 않다. 그러나 『손자』는 단순히 군사를 다스리는 방법에 관한 책이 아니다.

중국의 병법서 가운데 특히 『손자』는 격투기 지침서가 아니다. 『손자』속에 내재된 배경은 바로 '조직'이다. 조직을 어떻게 장악할 것인가. 조직을 어떻게 움직일 것인가. 이것이 『손자』의 기본 전제다. 이 때문에 『손자』는 현대 사회 지도자들의 필독서라 할 수 있다.

오늘날뿐만 아니라 예로부터 『손자』는 지도자의 필독서로 널리 읽혔다. 의욕있는 지도자는 모두 『손자』를 숙독하고 그것을 실생활에 활용했다.

의욕있는 지도자가 『손자』를 숙독한 예로 『삼국지』의 지도자들을 들 수 있다. 『삼국지』에서 가장 눈에 띄는 인물은 위의 조조라 할 수 있다. 물론 조조가 『삼국지』에서 전형적인 악역으로 나오기 때문에 대중적인 인기를 누리기는 한다. 그러나 그것이 논점은 아니다. 조조는 몸뚱이 하나로 난세에서 활약하며 십 년도 안 되는 짧은 기간에 북중국 일대를 지배했다. 거대한 영토를 단 십 년도 안 되는 사이에 지배한 점만으로도 가히 영웅이라 할 수 있다.

그러한 조조가 좌우명으로 삼았던 책이 『손자』였다. 그는 철저하게 『손자』를 연구하고 뛰어난 주석서까지 남겼다. 그는 단순히 연구만 한 것이 아니라 그것을 실전에서 활용하여 훌륭한 성과를 거두었다. 조조가 난세를 이길 수 있었던 것은 바로 『손자』의 병법을 연구하고 그것을 활용했기 때문이라 해도 과언이 아닐 것이다.

『삼국지』의 등장 인물인 제갈공명 역시 『손자』를 연구했다. '읍참마속(泣斬馬謖)' 이라는 유명한 일화가 있다. 전부터 기대를 걸고 있던 마속이라는 장군이 중요한 싸움에서 패했을 때 공명이 그 책임을 물어 단죄했다는 이야기인데 이때 중신 가운데 한 사람이 조심스레 불평을 했다.

"천하가 아직 동란 속인데 지모가 뛰어난 장군을 죽이는 것은 정말로 애석한 일 아닙니까."

그랬더니 공명은 다음과 같이 대답하며 눈물을 흘렸다고 한다.

"손무가 천하에 무위를 떨칠 수 있었던 것은 군법을 엄하게 적용했기 때문이 아닌가. 지금 천하는 분열되고 금방이라도 큰 사건이 일어날 듯 급박한데 이러한 때 군법을 어기는 행동을 하면 어떻게 역적을 물리칠 수 있겠는가."

손무는 물론 『손자』의 저자를 말한다. 이 일화에서도 알 수 있듯이 『손자』에 나타난 조직 관리의 특징은 신상필벌(信賞必罰)의 엄격한 적용이다. 공명이 그것을 좇아 실제 상황에 적용했다는 것을 보여주는 일화가 바로 '읍참마속'의 고사다. 이로써 공명도 『손자』를 자주 읽었다는 것을 알 수 있다.

공명의 라이벌은 위의 사마중달이라는 장군이다. 이 두 사람이 팽팽하게 네 개의 전략으로 싸우는 장면이 『삼국지』의 클라이맥스다. 중달이라는 장군은 소설 『삼국지』에서 공명의 교묘한 군략 앞에 농락당하는 평범한 지도자로 그려진다. 그러나 이것은 소설 속에서 꾸며진 이야기에 지나지 않는다. 실제로 중달은 적어도 군략이라는 점에서는 공명 이상의 지모를 가졌으며 두 사람의 대결에서 공명은 중달의 교묘한 군략에 시달렸다. 중달이 그런 훌륭한 전략을 짤 수 있었던 것도 『손자』의 병법 때문이었다. 중달 역시 『손자』를 자주 연구하면서 그것을 실천하고 활용했다.

『삼국지』에는 오의 손권이라는 제후도 등장한다. 앞서 이야기한 조조와 비교하면 약간은 수수한 인물이기는 하나 그는 격동의 시대에서 잘 살아남아 성공한다. 결코 평범한 제후는 아니다.

손권 역시 『손자』를 숙독한 것으로 여겨진다. 특히 손권은 부하 장군들에게도 '꼭 읽으라'고 권했다.

『손자』 속에는 생존의 지혜가 가득 담겨져 있다. 여기에서는 특히 지도자의 조건에 관한 사항을 소개하고자 한다.

엄격함과 배려가 있는 조직 관리

아무리 뛰어난 능력이 있는 지도자라도 무슨 일이든 혼자 힘만으로는 할 수 없다. 그 전형적인 것이 유방과 천하를 평정한 항우다. 항우는 수백 년에 한 명 나올까 말까 한 걸물이라고 한다. 그는 전쟁에 강했으며 눈 깜짝할 사이에 제일의 실력자로 군림하며 천하를 호령했다.

그러나 항우는 그런 유형의 사람에게 있기 쉬운 결점을 가지고 있었다. 즉, 부하가 아무리 좋은 의견을 내도 '무슨 소리를 하는 거야' 하는 태도로 전혀 귀 기울이지 않고 무엇이든 독단적으로 해결하려 했다. 그 결과 눈 깜짝할 사이에 최고의 자리에서 물러나게 되었다.

항우의 예에서 잘 알 수 있듯이 아무리 유능한 지도자라도 자기 혼자만의 능력으로 일을 처리하려고 하면 한계에 부딪치게 되어 있다. 무언가 큰일을 하고자 한다면 집단의 힘을 결집시켜야만 한다.

중국인은 일반적으로 집단 경기에 약하다. 그대로 두면 금세 개개인으로 흩어져 버린다. 그런 유형의 사람들을 어떻게 하면 조직으로 묶을 수 있을까. 중국의 지도자들은 옛날부터 이 문제로 고심해 왔다.

특히 이 고민은 군사들을 통솔하는 장군들에게 아주 심각한 문제였다. 『손자』에도 '전쟁에는 국민의 생사와 국가의 존망이 걸려 있다(兵者國之大事 死生之地 存亡之道)'고 나와 있다. 전장은 죽느냐 사느냐가 달린 곳이다. 그런 곳에서 조직이 제대로 뭉쳐지지 않는다면 큰일이다. 그런데 어떻게 하면 통제 가능하면서도 사기가 왕성한 전투 집단을 만들 수 있을까. 이 점은 군사를 통솔하여 전쟁에 임하는 장군에게는 사활이 걸린 문제다.

『손자』에서의 결론은 아주 명쾌하다.

"멸망한 땅에 투입된 후에야 존재하고, 사지에 빠진 후에야 살아남을 수 있다."

投之亡地然后存 陷之死地然后生

'망지(亡地)' 나 '사지(死地)' 는 절체절명의 위기라는 의미다. 병사를 그런 상황에 두면 오히려 죽음을 면하고자 더욱 일치단결하고 협력하여 힘을 내게 된다. 이는 '사중(死中)에 살길을 구한다' 는 발상과도 같다. 이때는 아무리 굼뜬 병사라도 전력을 쏟아 싸움에 임하게 되어 있다. 이를 현대 기업 경영에 적용해 보면 어떨까.

위에서 '전장은 죽느냐 사느냐가 달린 곳이다' 라고 했다. 그러나 죽느냐 사느냐 하는 운명의 갈림길이 전쟁터에만 있는 것은 아니다. 현대 기업 경영 역시 '생사의 갈림길' 을 방불케 한다. 그런 속에서 살아남기 위해서는 조직 전체에 위기감을 조성할 필요가 있다. 위기감은 경영자만 가져서는 안 되며 조직의 말단까지 모두 느껴야 한다. '이대로는 회사가 위험하다', '급여가 떨어질지도 모른다' 등 위기감을 느끼게 되면 아무리 게으른 사원이라도 '이래서는 안 된다' 라고 필사적으로 애를 쓸지도 모른다.

『손자』에서도 그렇게 이야기하고 있다. 이는 매우 엄격한 조직 관리라 할 수 있다. 물론 『손자』도 무조건 엄격함만을 강조하고 있지는 않다. 『손자』에는 이런 말도 나온다.

"병사 보기를 어린아이 보듯 하면 병사들은 심산유곡이라도 용감하게 전진한다."

視卒如嬰兒 故可以與之赴深溪

병사들을 평소부터 어린아이처럼 애정으로 대하면 만일의 사태에서 끝까지 헤쳐 나갈 수 있다는 의미다. 즉, 애정이나 배려의 소중함을 이야기하는 것이다.

그도 그럴 것이 매사 엄격하기만 한 지도자, 마음이 차가운 지도자의 주위에는 아무도 모이지 않는다. 지도자에게도 따뜻한 감정이 있어야 사람들이 모이고 부하들에게도 신임을 얻을 수 있다. '병사 보기를 어린아이 돌보듯' 이라는 말은 바로 이런 뜻이다.

그러나 애정이나 배려가 어느 한쪽으로 치우치거나 극단적이 되면 오히려 더욱 나쁜 요인으로 작용한다. 『손자』에서도 이를 경고하고 있다.

"그러나 부하를 소중히 여겨 원하는 대로 쓰지 못하고 애정만 있어서 명령하지 못하며 군의 규칙을 어겼는데도 벌하지 않으면 아무런 도움도 되지 못한다."

애정이나 배려를 중시하는 것은 좋지만 거기에만 편승해서는 안 된다는 의미다. 즉, 『손자』는 조직을 관리할 때 애정과 배려 속에 엄격함이 있어야 한다고 말하고 있다. 이는 현대 사회에서의 조직 관리에도 그대로 통용되는 대원칙이라 할 수 있다.

또 하나 조직 관리에 관한 언급이 있다.

"전쟁에 능한 자는 승리를 세에서 구하며 다른 사람의 능력을 탓하지 않는다."

故善戰者 求之于勢 不責于人

'세(勢)'는 기세를 의미한다. 부하 한 사람 한 사람의 능력을 문제 삼기보다는 조직 전체의 기세를 중시하라는 말이다.

현재는 어느 기업에서든 사원 연수나 관리직 연수를 중시한다. 엄격한 경영 환경에서 살아남기 위해서는 당연히 사원들의 소양을 키워줄 필요가 있다. 그러나 『손자』에 따르면 그것은 그저 초기 단계에 지나지 않는다. 중요한 것은 조직 전체의 기세를 만들어내는 것이다. 기세를 타지 못하면 하나의 힘은 그저 하나의 힘일 뿐이지만 기세를 타면 그것이 두 개 세 개의 힘이 된다. 그러한 조직의 기세를 만들어낼 수 있는 것도 지도자의 중요한 일이다.

전략 전술에 숙달돼라

성실이나 정직은 분명히 미덕이다. 그러나 성실하고 정직하기만 한 지도자는 삼엄한 현실을 헤쳐 나가지 못한다. 예로부터 명장의 조건으로 '지용 겸비(智勇兼備)'를 들었다. '지'와 '용'을 겸비하는 것이 뛰어난 지도자의 조건이라는 의미다. 당연히 『손자』에서도 이 두 가지를 지도자의 조건으로 들고 있다.

우선 '지'에 관해 생각해 보자. '지'를 다소 진지하게 말하면 선견 능력 더하기 대응 능력이라 할 수 있다. 즉, 앞을 내다볼 수 있고 어떠한 일에든 확실하게 대응할 수 있는 능력을 의미한다. 이는 전력 전술을 세우는 데 가장 기본적인 능력이라 할 수 있다

『손자』에 나오는 '적을 알고 나를 알면 백 번 싸워도 위험하지 않다(知彼知己 百戰不殆)'라는 명언은 누구나 잘 알고 있다. 남을 알고 자기를 알기 위해 필요한 것이 바로 '지'이다.

'지'를 발휘하기 위해서는 무엇보다 확실한 정보가 필요하다.

이것은 어린아이도 잘 아는 상식이겠지만 2,500년 전 『손자』에서도 이 점을 강조하고 있다.

"현명한 군주와 장수가 전장에 나아가면 반드시 승리를 거두고 여느 사람들보다 뛰어난 공을 세우는 까닭은 그들이 적의 상황을 먼저 알기 때문이다."

明君賢將 所以動而勝人 成功出於衆者 先知也

'선지'란 문자 그대로 먼저 아는 것이라는 뜻이다. 위의 말은 명군(明君)이나 현장(賢將)이 전쟁에 나갔을 때 반드시 적을 이기고 성공을 거두는 이유가 이 선지 때문이라는 의미다.

현대 사회에서는 어떠한 분야에서든 정보가 넘쳐흐른다. 정보를 모으는 일은 옛날처럼 어렵지 않다. 그러나 정말 필요하고 정확한 정보를 모으기란 쉬운 일이 아니다. 확실치 않고 도움도 안 되는 정보에 둘러싸여 잘못 판단하게 되는 경우도 적지 않다. 따라서 그렇게 되지 않기 위해서는 잡다한 정보 속에서 정말 가치 있는 정보를 골라내는 능력이 필요하다.

다음으로 대응력을 위해서는 어떤 것이 필요한지 알아보자. 상대를 어떻게 요리할지 효과적인 전략 전술을 세울 필요가 있다. 이 역시 지도자의 중요한 소임이다.

『손자』는 병법서이기 때문에 전략 전술도 많이 소개하고 있다. 몇 가지 살펴보자.

"싸움은 졸속해야 한다고 들었지 교묘하게 오래 끌어서 된다는 이야기는 듣지 못했다."

故兵聞拙速 未睹巧之久也

단기 결전에 나가 성공한 사례는 들어봤어도 장기전으로 들어가 성공한 예는 들어본 적이 없다는 의미다. 즉, 전쟁을 할 때 장기전은 되도록 피하고 조기 수속을 목표로 병력을 차례차례 투입해야 한다는 뜻이다.

『손자』에서는 또 다음과 같이 말하고 있다.

"전쟁을 유리하게 이끌기 위해서는 상대방의 작전에 말려들지 않고, 상대가 이쪽의 작전에 말려들게 해야 한다."

故善戰者 致人而不致于人

상대를 내 쪽으로 이끌어야 하며 내가 상대에게 이끌려서는 안 된다는, 즉 전쟁의 주도권을 장악해야 한다는 의미다. 그렇게 만 하면 승리할 확률이 높아진다는 뜻이다. 이러한 싸움법은 경쟁 사회인 현대 기업 전략에도 그대로 적용할 수 있다.

『손자』에서는 또한 말한다.

"전쟁의 형태는 충실한 곳을 피하고 허술한 곳을 공격하는 것이 좋다."

兵之形 避實而擊虛

'실(實)'은 상대의 전력이 충실한 곳, '허(虛)'는 허술한 곳을 뜻한다. 그러므로 상대의 전력이 충실한 곳은 피하고 허술한 곳을 찾아서 공격하면 반드시 승리할 수 있다는 것이다.

예를 들어 중소기업의 경영 전략을 살펴보자. 전력이 충실한 대기업과 정면 대결할 경우 승리할 가능성은 희박하다. 그러나 어떠한 기업이라도 반드시 허술한 부분이 있기 마련이다. 바로 그곳을 발견하여 공격하면 중소기업도 반드시 살아남을 길이 열린다는 발상이다. 한 가지 더 『손자』에 나온 말을 들어본다.

"방비되지 않은 곳을 공격하고 뜻하지 않을 때 진격한다."

攻其不備 出其不意

말할 것도 없이 적이 허술한 때를 이용해 적의 의표를 찌른다는 의미다.

경영 전략에서도 경쟁사와 같은 것만을 시도해서는 경쟁 자체에 시달리게 될 뿐만 아니라 희망도 없다. 또한 양쪽이 함께 망할 위험도 있다. 그렇게 되지 않기 위해서는 '뜻하지 않을 때 진격(出其不意)'하여 상대가 손쓸 수 없는 분야에서 기회를 늘릴 필요가 있다.

이상 서술한 선견 능력과 대응 능력은 모두 '지'의 영역에 속하며 현대 사회의 지도자에게 꼭 필요한 조건이다. 이러한 '지'를 갖추기 위해서는 어떻게 하면 좋을까.

사실 『손자』에서도 거기까지는 가르쳐 주지 않는다. 그러나 그 점에 대해 중국인이 예부터 중시 여기는 것이 있다. 그것은 다름 아닌 고전을 읽고 역사를 배우는 것이다.

고전은 선인들이 남긴 지혜의 결정체다. 또한 역사에는 선인들의 고초와 성공과 실패, 장점과 단점이 모두 어우러져 기록되어 있다. 그러므로 고전이나 역사를 배운다는 것은 그러한 선인들의 지혜와 고초를 배운다는 의미다. 그러한 노력을 쌓아가다 보면 어느 정도의 '지'가 쌓인다. 조직의 지도자라면 누구보다도 이 말을 가슴 깊이 새겨야 할 것이다.

때로는 철퇴의 결단도

'지'와 함께 또 한 가지 지도자에게 중요한 조건이 바로 '용(勇)'이다. '용'은 용기와 결단력을 말한다. 결단해야 할 때 확실하게 하지 못하면 지도자로서 실격이다. 그런 의미에서 이 '용'역시 지도자의 중요한 요건 가운데 하나라 할 수 있다.

사람들은 종종 '용'을 앞을 향해 나아가는 용기로 오해한다. 물론 전진하는 것도 용기다. 그러나 중국인이 생각하는 '용'은 앞으로 전진하기만 하는 쉬운 용기라기보다 뒤로 물러설 때 필요한 어려운 용기를 말한다. 형세에 이익이 보이지 않고 이 이상 싸웠다가는 오히려 손해만 늘 뿐이라 생각되면 주저없이 뒤로 물러날 수 있는 용기가 진짜 용기라는 뜻이다.

중국인은 전진하기만 하는 용기, 나아가는 것만 알고 물러설 줄 모르는 용기를 '필부(匹夫)의 용(勇)'이라 하여 오히려 경멸했다. 무엇보다 지도자가 되고자 하는 사람이라면 이런 용기는 가져서는 안 된다. 손자도 이 점에 대해 마찬가지로 이야기하고 있다. 『손자』의 기본 전제 가운데 하나가 '승산없이는 싸우지 않는다'는 생각이다. 이길 가망이 없는 싸움은 하지 않는다. 이는 곧 싸움을 하고자 생각한 후에는 반드시 이긴다는 마음으로 한다는 의미다.

그렇다면 어느 정도의 승산이 있으면 좋은가. 인간이 하는 일이므로 100퍼센트의 승산은 있을 수 없다. 그러나 승산이 5:5인 경우 그것은 모험이 된다. 『손자』에 정확한 수치가 나타나 있지는 않으나 적어도 80퍼센트는 돼야 가능할 것으로 보인다.

승산이 없을 때는 어떻게 해야 하나. 승산이 없다고 예상되면 우선 철퇴해야 한다. 뒤로 물러서서 정세의 변화를 기다리는 것이다. 정세는 항상 변하기 때문에 돌아올 기회를 기다릴 줄도 알아야 한다.

승산도 없이 '다른 회사가 하니까 우리도 한다, 어떻게 되든 닥치고 보자'라는 마음가짐은 『손자』에 따르면 졸렬함 이상도 이하도 아니다.

일반적으로 중국인은 공격과 같은 비율로 철퇴를 생각한다.

실제로 중국의 긴 역사를 볼 때 공격하기만 하는 지도자는 모두 중도에 자멸했다. 큰 세력으로 천하를 호령한 지도자는 모두 철퇴할 때를 잘 알고 행동에 옮겼으며 단념의 때를 알았다.

항우와 천하를 다툰 유방도 그랬으며 조조를 봐도 알 수 있다. 기회라고 생각되면 공격했지만 형세에 이익이 없어 보이면 곧바로 물러서 다음 기회를 기다렸다. 그런 싸움법으로 그들은 큰 세력을 떨칠 수 있었으며 이는 바로 『손자』의 병법에 충실한 전쟁이었다고 할 수 있다. 이 역시 현대 경영 전략에 그대로 적용할 수 있다.

공격만 하는 경영은 흐름을 탈 때는 좋지만 일단 그 흐름이 무언가에 걸리면 와르르 무너지게 된다. 경영 파탄의 대부분의 이유는 철퇴의 때를 바로 읽지 못했기 때문이다. '조금만 더 계속하면 어떻게 잘될지도 몰라' 하는 희망적인 관측으로 질질 끌다 어느새 막대한 적자를 낳는 경우를 자주 볼 수 있다.

경영에서도 공격의 결단보다는 오히려 철퇴의 결단이 중요하다. 그것을 확실히 할 줄 아는 사람이야말로 뛰어난 경영자라고 할 수 있다.

물론 철퇴의 결단도 중요하지만 공격의 결단을 경시해서는 안된다. 기회라 생각되면 공격으로 전환할 줄 아는 것도 중요하다.

요컨대 공격과 철퇴 양쪽의 결단을 실수없이 해낼 수 있어야 한다.

지도자의 철퇴 결단에 대해 두 가지 정도 부연하고자 한다.

첫째로 지도자의 결단은 어디까지나 자신이 책임져야 한다는 것이다. 어느 시대의 지도자나 고독한 결단을 해왔다. 그중에는 책임의 막중함을 견디지 못하고 미신이나 신에 의지한 사람도 있었다. 그러나 이는 별로 명예롭지 못한 일이다. 아무리 힘들고 고통스러워도 자신이 한 결단에 대해서는 책임질 수 있어야 한다. 그렇게 되면 설사 실패한다 해도 자신의 책임으로 받아들이고 그것에서 교훈을 얻어 같은 실수를 반복하지 않을 수 있다. 또한 실패의 교훈을 살려 인간적인 성숙의 결과를 맛볼 수도 있다.

둘째는 조언자를 두는 것이다. 결단은 무엇보다 그 사람의 성격과 관련되는 문제다. 인간의 성격에는 경솔할 정도로 간단하고 빠르게 결단하는 유형, 반대로 너무 신중해서 쉽게 결단을 내리지 못하는 두 가지 유형이 있다. 어느 쪽이든 지도자로서는 부적격이다. 그러므로 자신이 어느 쪽 유형인지를 잘 알고 가능하면 자신의 결점을 보충해 줄 만한 신뢰할 수 있는 조언자를 갖는 것이 좋다. 그렇게 하면 잘못된 결단을 최대한 줄일 수 있다.

발언은 어떻게든 신중하게

앞서 이기기 위한 지도자의 조건으로 엄격함과 배려, 지와 용 등을 들었다. 『손자』에서는 이와 함께 또 하나 '신(信)' 이라는 조건을 들고 있다.

이 '신' 은 '거짓말을 하지 않는다', '약속한 것을 반드시 지킨다' 는 뜻이다. 이는 지도자의 조건이라기보다 인간의 조건이라 할 수 있다. 인간이기 때문에 믿음을 가지려 하는 것이며 믿음이 없는 사람은 인간 실격이라 해도 틀린 말이 아니다.

지도자의 조건으로 이것은 역시 통솔력과 관계된다. 윗자리에 있는 사람이 부하에게 '그 이야기는 없었던 걸로 해주게' 라고 말하거나 실언을 자주 반복하면 주위 사람들에게 신뢰를 얻을 수 없으며 마찬가지로 부하도 떠날 수밖에 없다. 결과적으로 그런 사람은 지도자가 될 수 없다.

삼국지의 제갈공명에 대한 이야기가 있다.

공명이 네 번째 원정에 기산(祁山)이라는 지역에서 포진하고 있을 때의 일이다. 기를 나부끼며 요새에 있을 때 열 명에서 스무 명 정도를 휴양 목적으로 교체하여 귀국시키고 당시 팔만 명으로 수비를 하고 있었다. 그런데 적군이 진을 포위하고 선봉대가 싸움을 시작했다. 그러자 참모들이 술렁이기 시작했다.

"적은 만만치 않다. 지금 병력으로는 이길 수 없다. 그러니까 다음 교체 요원을 한 달 정도 머물게 하여 병력을 증강해야만 한다."

그러나 공명은 다음과 같이 말하며 교체 요원 전원을 귀국시키라고 명했다.

"나는 군을 통솔하는 사람이다. 약속한 것은 반드시 지키며 이를 근본으로 삼아왔다. 다음 교체 요원은 모두 채비하고 날이 밝기를 기다려라. 고국의 처자도 그들의 귀환을 목놓아 기다리고 있을 것이다. 힘든 상황에 직면했다고 해도 약속한 것은 지켜야 한다."

원문에는 아래와 같이 실려 있다.

"나는 군을 통솔하는 사람이다. 약속한 것은 반드시 지킨다. 이것을 근본으로 삼아왔다."

吾統武行師, 以大信爲本

'대신' 은 '신' 을 강조한 말이며 이를 통솔의 근본으로 삼았다는 의미다.

　이것을 현대에 적용해 보자. 예를 들어 올해는 이만큼의 보너스를 지급하겠다고 약속했다. 그런데 그 후 갑자기 업적이 나빠져서 지급이 힘들어졌다. 그래서 보너스 이야기는 없었던 걸로 하려다가 아니다, 그럴 수는 없다, 어디까지나 약속은 약속이니 지급해야 한다고 결정하는 것과 같다. 조금 힘들지는 모르겠지만 지도자의 발언은 그만큼 중요한 것이다.

　그런데 공명이 약속대로 교체 요원을 귀국시키라고 했다는 이야기를 들은 병사는 오히려 남아서 싸우기를 희망했다. 남은 병사들도 모두 입을 모아 말했다.

　"분부대로 싸우겠습니다. 공명의 은혜에 보답하겠습니다."

　이리하여 1:10의 분전으로 결국 적의 대군을 패주시켰다고 한다.

　삼국지는 이 이야기를 소개한 후 부연한다.

　"그 이유는 무엇인가. 공명이 '신', 즉 병사들과의 약속을 지켰기 때문이다."

　『예기(禮記)』에 '윤언여한(綸言如汗 : 윤언은 땀과도 같다)' 라는 유명한 말이 있다. '윤언'은 수장의 발언을 의미하는데 그것이 땀과도 같다는 의미다. 땀은 한 번 자신의 몸 밖으로 나오면 두 번 다시 되돌릴 수 없다. 수장의 발언도 그것과 같아 한 번 자신의 입 밖으로 나오면 번복은 불가능하다. 이 때문에 수장이 되고자 하는 사람이라면 누가 뭐래도 발언에 신중해야 하는 것이 '윤언여한'의 의미라고 할 수 있다.

수장이 아니라 해도 지위가 오르면 발언의 영향력은 커진다. 그러므로 지위가 오를수록 더욱 신중히 발언해야 한다.

우리가 이에 실패하는 것은 쉽게 남의 청을 받아들이기 때문이다. 우리는 앞뒤 사정을 잘 생각하지도 않고 '알겠다', '잘 알았으니 어떻게든 무언가 한번 해보지요' 등의 말로 아무렇지 않게 남의 청을 받아들인다. 그리고 그 뒤에 고초를 겪는다. 또한 약속한 것을 어떻게든 지켜보려고 괴로워하기도 한다. 그렇게 해서 약속을 지켜내면 다행이지만 쉽게 받아들인 청은 대부분 지키지 못하는 경우가 많다. 그 결과 상대방에게 신뢰까지 잃게 된다. 생각해 보면 쉽게 받아들인 청일수록 오히려 쉽게 해결하지 못하는 일이 많다.

발언은 신중히 해야겠지만 발언할 때 주저하며 제대로 말하지 못한다면 그것 또한 지도자로서 부적격이다. 반드시 능변가일

필요는 없다. 또한 말을 잘하지 못해도 괜찮다. 하지만 필요할
때 필요한 범위에서 자신의 말을 상대에게 전달하는 것은 지도
자가 당연히 지녀야 할 능력이다. 그러나 보통 때의 발언은 신중
히 해야 하며 지도자에게는 이 양면 모두가 요구된다.

감정을 조절하라

지도자가 지도자로 존재해야 하는 까닭은 평소에 막중한 책임
을 지고 있기 때문이다. 지도자는 무엇을 하든 자기 혼자의 문제
로 넘길 수 없다. 경영에서도 지도자의 경영은 종업원과 그 가족
생활에도 관여된다. 만약 경영에 실패하면 자신의 인생이 파탄날
뿐만 아니라 회사 관계자 모두에게 영향을 미친다. 그런 막중한
책임을 잘 이행하기 위해서는 지도자로서 항상 냉정해야 한다.

"지혜로운 자의 생각에는 반드시 이로움과 해로움이 섞여
있다."

智者之慮 必雜于利害

『손자』에 나오는 유명한 말이다. 지자(知者)가 무언가에 대해 판단할 때는 반드시 이익과 손실의 양면에서 생각한다는 의미다. 머리에 피가 끓어오르면 아무래도 이러한 냉정한 판단력이 손실되기 마련이고 그렇게 되면 결정적인 순간에 판단을 잘못할 우려도 있다. 삼국지의 제갈공명도 『손자』와 같은 말을 했다.

"문제를 해결하기 위해서는 단편적인 태도로 임해서는 안 된다. 즉, 이익을 얻고자 하면 손해도 계산해 보아야 하며 성공을 꿈꾼다면 실패했을 때도 계산해 보아야 한다."

예를 들어 무언가 신규 사업을 계획한다고 가정해 보자. 성공했을 때를 상상하며 장밋빛 꿈을 꾸는 것도 좋지만 그와 동시에 최악의 사태를 상상하고 그때 어떻게 할 것인지 대책도 마련해 둘 필요가 있다. 지도자에게는 항상 그런 냉정한 대응이 필요하다.

냉정한 판단을 할 수 없는 이유 가운데 하나는 거기에 감정이 이입되기 때문이다. 예를 들어 기쁨에 들떴을 때는 아무래도 기분이 좋아져 냉정한 판단을 할 수 없게 된다. 또한 화가 치밀었을 때는 흥분이 가라앉지 않아 역시 냉정함을 잃게 된다. 그렇기

『손자』 93

때문에 지도자는 항상 희로애락의 감정을 억제할 줄 알아야 한다. 『손자』에서도 이를 경고했다.

"군주는 한때의 노여움 때문에 군대를 일으키지 않고, 장수는 성난다고 해서 전투를 해서는 안 된다."

主不可以怒而興師 將不可以而致戰

왕다운 사람, 장군다운 사람은 감정에 따라 군사 행동을 일으켜서는 안 된다는 의미다. 물론 감정을 억제하라고 해서 완전히 감정을 없애야 한다는 말은 아니다. 인간이기 때문에 그럴 수는 없다. 단지 가능한 불필요한 감정에 휘말리지는 말아야 한다.

"희로의 감정으로 바뀌지 않는다."

이는 지도자에 대해 칭찬하는 말이다. 희로애락의 감정을 얼굴에 나타내지 않는다는 것으로 지도자다운 사람은 항상 감정을 억제하여 냉정하다는 뜻이다. 『손자』에는 같은 의미로 다음과 같은 말이 언급되어 있다.

"장군이 하는 일은 심산유곡처럼 냉정해야 한다."

將軍之事 靜以幽

‘유(幽)’는 조용하고 냉정하다는 의미다. 즉, 감정을 표출하지 않을 뿐 아니라 무언가를 한다는 의지도 표출하지 않으며, 항상 냉정하고 담담한 태도로 대처하는 것이 바로 지도자가 가져야 할 자세라는 뜻이다.

어깨에 힘이 들어가면 좋지 않은 것은 골프만이 아니다. 따라서 막중한 책임을 자각하면서도 가능한 담담하게 대처할 필요가 있다.

또한 지도자의 진가를 물을 수 있을 때는 경영이 순조로울 때만이 아니다. 순풍에 힘입어 경영이 순조로울 때는 경영자의 능력이 크게 필요하지 않다. 문제는 역풍이 불어 경영이 위기에 처했을 때이다.

그럴 때 안색이 변해 허둥지둥거리거나 쩔쩔매는 모습을 보이며 우리는 끝장이라고 투덜거리는 사람은 애초에 지도자로서 실격이다.

경영이 힘든 때일수록 오히려 평소와 같이 담담하게 위기에 대처할 수 있어야 한다. 『손자』가 ‘將軍之事 靜以幽’라 말한 것은 바로 이러한 가르침이다.

술은 다른 사람에게 보이는 것이 아니다. 군주가 마음속으로만 생각하고 다른 것들과 견주며 비밀스럽게 신하를 조종하는 것이다.

4

자신을 들키지 않고
상대의 마음을 읽어내는 법

『한비자』

원형을 이루어내는 '黃老'의 기술

사마천은 '한비 정치 철학의 근본은 '황노(黃老)이다'라고 역설했다. 여기서 '황노'는 『노자』가 주장한 정치 철학을 말한다. 『노자』는 다음과 같이 말했다.

"무위로써 하면 다스리지 못함이 없다."

爲無爲 則無不治

"큰 나라를 다스림은 작은 생선을 삶는 것과 같다."

治大國 若烹小鮮

작은 생선을 삶을 때 무턱대고 뒤집어서는 안 된다. 그랬다가는 다 뭉개지기 십상이다. 나라의 정치도 그것과 같이 천천히 신중하게 대처해야 한다는 의미다.

『노자』의 이러한 정치 철학을 특히 '황노의 술법' 혹은 '황노의 법도'라 한다.

'황노'는 '황제(黃帝) · 노자'의 줄임말로 노장의 신도들이 그 주장에 권위를 세우기 위해 전설상의 황천자인 황제의 이름을 빌어 직접 만들어낸 말이다.

『한비자』가 설파하는 지도자에 대한 가르침은 이러한 '황노의 술법'이 근거가 되었다. 『한비자』의 지도자학을 이해하기 위해서는 우선 '황노의 술법'에서 그려지는 지도자상을 소개해 둘 필요가 있다. 이런 이야기가 있다.

한 고조 유방의 시대장(侍大將)에 조참(曹參)이라는 인물이 있었다. 몸을 아끼지 않고 항상 선두에 나섰던 그는 유방의 패업에 공헌했으며 한이 정비된 이후 제국(齊國)의 재상으로 임명되었다.

이 사람은 공성야전에는 전문이었지만 정치에는 문외한이었다. 그래서 제국에 부임한 뒤 본토의 연장자들이나 학자들을 불러 정치에 관한 조언을 들었다. 그런데 사람들마다 말하는 내용이 달랐으며 그 내용도 이해하기 힘들었다.

그때 마침 조언을 하러 온 개공(蓋公)이 다음과 같이 말하며 '황노의 술법'에 관해 자세히 알려주었다.

"정치의 정도는 청정을 귀히 여기고 백성을 자신과 같이 생각하는 것이다."

조참은 그제야 고개를 끄덕일 수 있었다. 이 말을 기본으로 다스리자 제국은 잘 통치되었고 조참은 이후까지 오랫동안 명제상으로 불렸다.

'황노의 술법'의 핵심은 '청정'이다. '청정'은 일반적으로 아무것도 하지 않고 가만히 있는 것을 뜻한다. 틀린 말은 아니나 이를 좀 더 구체적으로 말하면 다음과 같이 정리할 수 있다.

첫째, 적극적으로 정책을 전개하지 않는다.
둘째, 위선에서의 간섭이나 개입은 피한다.
셋째, 민간에 활력을 조장한다.

중앙 정부의 재상으로 발탁된 이후 조참은 '청정'이 가르치는 정치 자세를 많이 익힌 모양이었다. 한결같이 중후한 인물들을 재상으로 등용하여 그들에게 임무를 맡기고 자신은 밤낮을 가리지 않고 술만 마셨다고 한다.

이러한 정치 자세는 주위에서 보면 단순히 '게으른 사람'으로밖에 보이지 않는다. 그래서 중신이나 하료 중에는 강한 불만을 터뜨린 사람도 있었다. 이에 조참은 술을 권하며 말을 건넸다고 한다. 상대는 술을 받은 후 상황을 지켜보며 다시 말을 꺼내려

했고 조참은 재차 술을 건네며 여유를 부렸다. 결국 상대는 어느새 자신이 말하려던 의견을 잊고 취한 채로 돌아간 경우가 태반이었다.

조참은 중앙 정부의 재상으로 일한 지 3년 만에 편안한 죽음을 맞았는데 그동안 나라는 아주 잘 다스려졌다고 한다.

진평이 보여준 지도자상

조참보다 더욱 확실하게 '황노의 술법'을 깨친 사람이 바로 그의 뒤를 이은 한 제국의 지도자 진평(陳平)이었다.

진평은 젊은 시절부터 정치에 뜻을 세우고 그 무기로 '황노의 술법'을 익혔다. 조합의 경우에는 만년이 된 후에 학문을 깨쳐 어딘지 모르게 세심하지 않은 면이 있던 것에 반해 진평은 어릴 때부터 황노의 술법을 습득하여 더욱 깊이 깨우쳤다. 상석의 재상에는 주발(周勃)이라는 인물이 임명되었고 그 차석의 재상으로 진평이 임명되었다. 그러던 어느 날 문제가 묘의(廟議) 석에서 주발에게 물었다.

"1년 동안 총 몇 건을 재판하오?"

"송구하오나 잘 모르겠습니다."

"그렇다면 국고의 수지는 연간 어느 정도 되오?"

"참으로 송구하옵니다. 그것도 잘 모르겠습니다."

주발은 사실대로 말하고 사죄할 수밖에 없었다. 등에 식은땀이 흐를 정도였다. 문제는 하는 수 없이 진평에게 물었다. 진평이 대답했다.

"송구하오나 그 건이라면 각 담당자에게 물어보심이 어떠신지요."

"담당자라니, 누구를 말하는 것이오?"

"재판은 사법대신, 국고 수지는 재무대신이 담당하고 있습니다."

"각 담당자에게 물어보라면 재상은 도대체 무슨 일을 담당한단 말이오?"

"송구하옵니다. 폐하께서는 부족한 저를 재상으로 임명해 주셨습니다. 원래 재상은 위로 천자를 보좌하고 음양의 조화를 도모하여 나라를 순조롭게 다스리도록 돕고, 아래로는 백성들이 골고루 혜택을 받도록 해야 합니다. 또한 밖으로는 사방의 만족이나 제후들을 다독이고, 안으로는 백성들을 잘 다스리며 모든 관리인들이 맡은 책임을 다하도록 이끌어야 합니다."

최고의 지도자는 함부로 움직이지 않으며 크고 높은 곳에서 전체를 둘러볼 수 있는 것으로 족하다는 의미다. 진평의 말을 들은 문제는 그를 칭찬했다.

"과연 그대의 말이 맞소. 잘 알겠소."

얼마 후 주발은 자신의 미흡함을 부끄럽게 여겨 재상 직에서 물러났고 진평 혼자서 재상을 도맡게 되었다.

그는 '황노의 술법'에서 말하는 '청정'에 입각하여 크고 높은 곳에 서서 위엄있게 내려다보았다. 그런 진평을 당대 사람들은 '현상(賢相)'이라 칭했다.

또한 진평은 젊은 시절 유방이 항우와 사투를 벌일 때 여섯 개의 뛰어난 계략으로 여섯 번 모두 성공을 거두어 유방을 살린 지모의 작전 참모로 용맹을 떨쳤다.

원래 그는 두뇌 회전이 빨랐는데 그런 그의 특징은 만년에 재상 자리에 앉았을 때 더욱 큰 장점으로 작용했다. 그는 '청정'의 새로운(nouveau) 지도자상을 보여주었다.

사실 '황노의 술법'에서 말하는 '청정'은 단순한 '정'이 아니다. 엄청난 '움직임[動]'을 내포하고 있다. 그러나 그 '동'은 어디까지나 내면에 숨겨진 채 바깥으로 드러나지 않는다. 이 때문에 보이는 것은 '정' 뿐이니 '청정'이라 일컫는 것이다.

그러한 이면성을 확실하게 보여준 사람이 바로 진평이다.

'나무 닭' 처럼

백조는 우아하게 물 위에 떠 있지만 물속에서 그 발은 열심히 물장구를 치고 있다. 그 모습이 사람의 눈에는 보이지 않기 때문에 우아하고 여유있게 떠 있는 것처럼만 보인다.

지도자 역시 그것과 같다. 지도자의 책임은 막중하기 때문에 늘 고통이 찾아온다. 그러나 그것을 바깥으로 드러내 힘들어서 못하겠다는 표정을 보여서는 안 된다. 백조의 물갈퀴와도 같아야 한다.

진평은 자신이 가진 지모를 내면에 숨긴 채 새로운 지도자상을 보여주었다. 늘 술만 마시고 있는 것처럼 보였지만 사실은 모든 일에 만전을 기했다. 그렇지 않았다면 그저 쓸모없는 사람이 돼버리고 말았을 것이며 조직은 곧 붕괴했을 것이다.

누보(nouveau)라는 표현은 새롭다는 뜻도 있지만 어딘지 모르게 어눌해 보인다는 의미도 담겨 있다. 누보적인 모습을 보이면서 지모를 감추고 다른 사람들 모르게 자신의 눈에 광채를 낼 수 있는 것, 그것이 바로 '황노의 술법'에서 말하는 이상적인 지도자상이다. 이는 『장자』의 '나무 닭[木鷄]' 우화에서도 나온다.

옛날에 싸움닭을 훈련시키는 기성자(紀渻子)라는 명인이 있었는데 어느 날 닭 한 마리를 훈련시키라는 왕명을 받았다. 기성자는 왕을 위해 싸움닭을 길렀고 열흘 뒤 왕이 그에게 닭이 쓸 만한지를 물었다. 기성자가 말했다.

"아직 멀었습니다. 닭이 쓸데없이 교만하여 자신의 기운을 믿습니다."

다시 열흘 뒤에 왕이 묻자 그가 대답했다.

"아직 멀었습니다. 여전히 소리가 들리거나 그림자가 보이면 반응을 합니다."

또 열흘이 흘렀다.

"아직 멀었습니다. 여전히 노려보며 지지 않으려 듭니다."

열흘이 지나고 기성자가 말했다.

"이젠 됐습니다. 다른 닭이 울더라도 꿈쩍하지 않습니다. 보기에는 나무로 만든 닭과 같은데, 이는 그 덕이 온전한 때문이며 이제 다른 닭이 감히 덤비지 못하고 달아납니다."

기성자의 말을 원문 그대로 옮기면 다음과 같다.

幾矣 雞雖有鳴者 已無變矣 望之似木雞矣 其德全矣 異雞無敢 應者 反走矣.

이때 '덕' 에는 뛰어난 지모나 압도하는 힘이 내포되어 있다. 그러나 그 힘을 과시하지 않고 목계처럼 무위무책(無爲無策)한 얼굴로 서 있는 것이 바로 노장이 지향하는 이상적인 지도자상 이다.

'허정' 에 철저

『한비자』에서는 이를 더욱 발전시켜 지도자에 관해 가르친다. 그렇다면 『한비자』는 노장이 주장한 지도자상 가운데 어떤 부분 을 이야기했을까.

주지하는 바와 같이 노장의 지도자상의 약점은 내포된 것이 무엇인가가 다소 모호하다는 것이다. '청정'은 좋다. 그러나 그것만으로는 부족하다. 그래서 중요한 것이 바로 '청정' 속에 감추어진 그 무엇이다. 그 무엇이 없다면 이상적인 지도자로는 부적격인 것이다. 그러나 노장은 그 무엇을 확실히 '이것이다'라고 설명하지 않았다.

　　그래서 무엇을 어떻게 노력하면 좋을지 판단하기가 힘들다. 사마천은 노자와 한비를 비교하여 노자를 '심원(深遠)'이라 표현했다. 다시 말하면 모호하고 요점이 없다는 의미다. 이는 배우고자 하는 사람 쪽에서 보면 별로 도움이 되지 않는다. 그 모호한 점을 확실히 지적하고 지도자에 대한 가르침을 체계화한 것이 바로『한비자』이다.

　　『한비자』에서 말하는 지도자의 기본은 인간 불신의 철학이다. 한비는 모든 인간관계는 이익에 따라 형성되고 움직이며 지도자와 부하의 관계 역시 결코 예외가 아니라고 생각했다.

　　부하는 항상 자신의 이익을 우선으로 생각한다. 지도자가 방심했을 때 부하는 지도자를 이용하여 자신의 이익을 늘리고자 하고 지도자가 빈틈을 보이면 지도자를 내려뜨리고 자신이 그 자리를 차지하고자 한다. 반대로 지도자가 자신의 본심이나 감정을 나타내 보일 때는 금세 부하 본연의 모습으로 되돌아간다. 그러므로 지도자는 방심도 빈틈도 보여서는 안 된다고 한비자는 인식했다.

그와 동시에 지도자는 '허정(虛靜)'을 지녀야 한다. 즉, 허심과 '청정'을 가지고 부하를 대하라는 의미다. 그렇게 하면 부하의 본심이나 행동을 모두 장악할 수 있다.

"군주의 도는 신하에게 본심을 보이지 않는 것이다. 군주는 그 움직임을 신하가 알게 해서는 안 된다."

자신의 마음은 제대로 보이지 말고 상대(신하)의 마음은 읽어야 한다는 의미다. 이는 노장이 말한 '청정'형 지도자의 연장선상에 있다.

『한비자』를 읽고 감동하여 그 영향을 크게 받은 것이 진의 시황제이다. 그는 '허정'을 실천해 보이면서 본심은 물론 자신의 모습까지도 신하 앞에 드러내지 않았다고 한다. 또한 함양(咸陽)의 수도 근교에 궁전과 누각 270여 개를 지어 그곳들을 다녔고 황제의 소재를 발설한 사람은 사형에 처하는 법까지 정했다고 한다. 이런 이야기가 있다.

시황제가 양산(梁山) 궁에 행차했을 때의 일이다. 그는 산 위에 승상(丞相)의 거마(車馬)가 많은 것을 보고 언짢아했다. 황궁의 어떤 사람이 그 사실을 승상에게 말하니 승상이 그 후 거마의 숫자를 줄였다. 그러자 진시황이 노하여 '이는 궁중의 누군가가 내 말을 발설한 것이로다' 라고 하며 하나씩 심문했으나 죄를 인정하는 자가 없었다. 그러자 그 당시 곁에 있던 자들을 모두 죽이도록 명령했고 이후로는 황제가 행차한 곳을 아는 자가 없었다.

그렇게까지 해야 하나 하는 의문이 들 만도 하다. 그러나 지도자가 그 지위를 완벽하게 지키기 위해서는 『한비자』에서 말한 것과 같이 '허정' 에 철저하고 함부로 자신의 감정을 나타내지 않는 것 정도에는 익숙해져야 할지도 모른다.

법(法), 술(術), 세(勢)에 통달하라

지도자가 부하를 훌륭히 다루면서 자신의 지위를 잘 지켜내려면 '허정' 에 철저한 것만으로는 부족하다. 『한비자』에는 '허정'

이외에 세 가지가 더 필요하다고 쓰여 있다.

그 세 가지는 법(法), 술(術), 세(勢)이다.

먼저 '법'은 문자 그대로 법령을 의미한다.

"법은 문서화하여 관청에 보관하며 국민에게 공개해야 한다."

공적을 쌓으면 적절한 상을 주고 실수를 범하면 적절한 죄를 내린다는 내용 그대로 실행에 옮겼다. 이것이 『한비자』가 말하는 '법'이다.

이 '법'을 확실히 하여 적용에 착오만 없게 하면 평범한 지도자라도 나라를 훌륭히 다스릴 수 있다고 했다.

중국 삼천 년의 역사 속에서 뛰어난 재상을 꼽으라면 가장 먼저 『삼국지』의 제갈공명을 들 수 있다. 그는 소설 『삼국지』에서 뛰어난 군략으로 적을 무찌르는 지모의 군사(軍師)로 알려져 있다. 그러나 그에 대한 이러한 인상은 허구에 가깝다.

승상으로서 공명의 특징은 오히려 『한비자』에 나오는 엄격한 법치주의자였다. 그 좋은 예가 군령에 철저했던 읍참마속의 고사다.

『삼국지』를 쓴 진수(陳壽)라는 역사가는 공명이 보여준 지도 자상을 다음과 같이 평했다.

"선행은 아무리 사소한 것이라도 반드시 상을 주고 악행은 아무리 미미한 것이라도 반드시 벌했다. 만사에 세심한 주의를 기울이고 어떤 일에 대해서든 그 근본을 벗어나지 않았다. 또한 임무에 걸맞는 실적을 올리기를 요구하고 허위 신고를 하는 자는 용서하지 않았다."

이렇게 엄격한 정치 자세는 자칫 국민이나 부하의 반발을 초래하고 심하면 조직이 붕괴될 수도 있다. 그러나 공명의 경우에는 조직 운영에 아무런 문제가 없었으며 국민과 부하들에게 무서운 존재이면서 동시에 사랑을 받았다고 한다. 그 이유로 다음 두 가지를 들 수 있다.

첫째, 상벌의 적용이 공평 무사했던 점.
둘째, 동시에 국민과 부하들에 대한 충분한 배려를 아끼지 않은 점.

『한비자』에서 말하는 법치주의는 확실히 효과가 있었다. 그러나 법치주의를 성공시키기 위해서는 공명이 보여준 배려도 병행되어야 한다. 공명이 『한비자』 식의 엄격한 법치주의에 철저했다는 사실은 기억해 둘 만하다.

그 다음으로는 '술' 이다. 이것은 '법' 으로써 부하를 잘 다스리기 위한 방법이라고 할 수 있다.

『한비자』는 말한다.

"술은 다른 사람에게 보이는 것이 아니다. 군주가 마음속으로만 생각하고 다른 것들과 견주며 비밀스럽게 신하를 조종하는 것이다."

'허정' 으로 꾸미고 부하들을 마음대로 부릴 수 있는 비결이 바로 '술' 이다.

'술' 은 다음 세 가지로 요약할 수 있다.

첫째, 부하의 동정을 관찰하고 언동을 장악한다.
둘째, 일을 시켜보고 확실하게 근무를 평정(勤務評定)한다.
셋째, 상벌의 권한을 장악하고 엄격하게 적용한다.

마지막으로 '세'이다. 이는 권세나 권한이라는 의미이다.

부하가 지도자의 명령에 복종하는 것은 생살여탈(生殺與奪)의 권한을 쥐고 있기 때문이다. 따라서 지도자가 부하를 제대로 부리고자 하면 자신의 권한을 놓쳐서는 안 된다. '권한 위양(權限委讓)'이라는 말이 있는 것처럼 자신의 권한을 잃어버려서는 지도자의 지위를 유지할 수 없다는 것이 바로 이 '세'에 내포된 뜻이다.

『한비자』가 말하는 지도자상의 기본은 이 세 가지의 확립이다. 다소 극단적인 느낌이 없지 않지만 전국의 난세라는 삼엄한 현실과 싸워 이겨서 나온 주장이므로 그만큼 설득력이 있는 점도 부정할 수 없다.

지도자의 세 부류

『한비자』에서 주장하는 법, 술, 세는 모두 중요하지만 그중에서도 가장 핵심적인 것은 '술'이다. 『한비자』에 따르면 누구든

지 노력만 하면 '술'을 익힐 수 있으며 이것을 확실히 익히는 것
이 명지도의 조건이라고 한다.

잠깐 각도를 바꾸어 다른 문제에 대해 살펴보자. 이런 이야기
가 있다.

옛날에 한 남자가 마을 관리인으로 임명되었다. 남자는 마을
을 잘 꾸리려고 열심히 노력했고 너무 열심히 일한 나머지 점점
야위어갔다. 걱정이 된 친구가 말했다.

"자네, 너무 많이 야위었군."

남자가 대답했다.

"나는 능력도 별로 없는데 이 마을의 관리인이 되었네. 그래
서 어떻게든 책임을 다하려고 애쓰다 보니 나날이 말라가는
군."

그의 말을 들은 친구가 말했다.

"옛날에 순(舜)이라는 천자는 거문고를 타고 콧노래를 부르면
서도 천하를 잘 다스렸다네. 그런데 자네는 겨우 손바닥만한 마
을을 다스리면서 이렇게 야위다니, 천하를 다스린다면 어떻게
되겠는가?"

한비는 『한비자』에 이 일화를 소개하고 자신의 의견을 덧붙였다.

"내가 말한 '술'을 토대로 정치를 하면 가만히 앉아서도 나라를 순탄하게 다스릴 수 있다. 그러나 '술'을 사용하지 않으면 아무리 애를 써도 좋은 성과를 올릴 수 없다."

오늘날의 경영자 중에도 앞의 예와 같은 사람이 있다. 아마도 이 이야기를 듣고 쓴웃음을 짓는 사람이 많을 것이다. 비슷한 일화를 하나 더 소개한다.

위 나라의 소왕(昭王)은 어느 날 자신이 직접 재판을 하기를 바랐다. 그래서 재상에게 말했다.

"나에게 재판을 맡겨주시오."

"그렇다면 우선 법률을 공부하셔야 합니다."

그래서 소왕은 법률 책을 펴 들고 읽기 시작했지만 이내 졸음이 쏟아졌다.

"나에게 법률 공부는 무리인 것 같소."

결국 소왕은 포기했다.

『한비자』에서는 이 일화를 다음과 같이 설명한다.

"군주는 권력의 핵심만 잡고 있으면 된다. 신하에게 맡겨도 될 일까지 직접 하고자 들면 당연히 피곤할 수밖에 없다."

조직을 관리할 때는 중요한 핵심만 꽉 잡고 있으면 충분하다는 뜻이다.

또한 『한비자』에서는 경영자를 세 부류로 나누었다.

"삼류 경영자는 자신의 능력을 이용하고, 이류 경영자는 남의 힘을 이용하며, 일류 경영자는 남의 지혜를 이용한다."

'자신의 능력에만 의지해서는 삼류 경영자밖에 될 수 없다. 일류 경영자는 다른 사람의 지혜를 이용하는 사람이다' 라는 말로 바꾸어볼 수 있다.

"닭이 아침을 알리고 고양이가 쥐를 잡듯 부하 개개인의 능력을 충분히 발휘하도록 이끌 수 있다면 지도자가 직접 나설 필요가 없다. 지도자가 자신의 능력을 발휘한다 해도 부하의 능력을 끌어내지 못하면 일을 원활하게 진행시킬 수 없다."

이렇듯 경영자가 묵묵히 위엄을 지키는 것이 바로 이상적인 조직 관리다. 그러기 위해서는 '법', '술', '세' 를 확실하게 장악하고 있어야 한다. 『한비자』에서는 그중에서도 특히 '술'을 잘 터득하여 부하를 다뤄야 한다고 강조한다.

이상적인 통솔자란

지금까지 서술한 바와 같이 『한비자』가 그려내는 이상적인 지도자상은 다음 두 가지로 정리된다.

첫째, 희로애락의 감정을 드러내지 않고 거동에 유의하며 점잖게 있는다.
둘째, '술'로써 예리하게 조직을 보고 부하를 부린다.

실재한 인물 가운데 이에 가까운 예를 찾는다면 역시 동진(東晉)의 재상을 지낸 사안(謝安)을 들 수 있다. 마지막으로 그에 관한 일화 하나를 소개하고 이 장을 맺을까 한다.

동진이라는 왕조는 지금의 남경에 수도를 두고 있었는데 4세기

말 사안이 재상에 오른 무렵 북방에서는 이민족이 세운 전진(前秦)이 전성기를 이루고 있었다.

전진은 북방을 평정한 여세를 몰아 동진을 치고자 계획하고 백만이 넘는 군사를 이끌고 침입했다.

사안은 전부터 이러한 사태가 벌어질 것을 예상했지만 동진의 군사는 8만 정도밖에 되지 않았다. 소문을 들은 도의 주민들은 동요하기 시작했지만 사안에게 병력의 숫자는 전혀 문제가 되지 않았다. 그는 조카인 사현(謝玄)을 전선의 사령관으로 기용하여 이에 맞서 싸우게 했다.

조카 사현은 전선으로 나아갈 채비를 갖추고 재상의 관저를 방문하여 사안에게 작전을 물었다. 그랬더니 사안은 평소와 같이 담담한 태도로 대답했다.

"문제없다. 작전은 내 가슴속에 있다."

그리고 더는 아무 말도 하지 않았다. 사현은 어쩔 수 없이 부대로 돌아갔지만 아무래도 걱정이 되어 참모를 시켜 다시 지시를 받아오게 했다. 그러나 사안은 이미 산장으로 가 친구들과 잔치를 벌이고 있다고 했다. 사현은 급히 산장으로 뛰어갔다.

그러나 사안은 작전에 대해서는 한마디도 언급하지 않고 사현의 얼굴을 보면서 바둑 두기를 권했다.

"어떤가, 한판 둘 텐가?"

평소 같으면 사현이 훨씬 잘 두는 바둑인데도 이때만큼은 몇 번을 두어도 사현이 지기만 했다고 한다. 그도 그럴 것이 사현의 머리 속에는 바둑이 아니라 전쟁에 관한 생각으로 가득 차 있었기 때문이다. 위기 상황에서도 동요하지 않는 사안의 담담한 대응은 그러한 사현의 머리를 깨우치게 했다.

다음날 아침 재상 관저로 돌아온 사안은 처음으로 장군들을 집합시켜 지시를 내렸다. 그리고 전쟁은 사현의 기습 작전의 성공으로 기적적인 대승리를 거두었다. 그는 이 승리를 급히 사안에게 알렸다.

이때도 사안은 재상 관저에서 손님과 바둑을 두고 있었다고 한다. 어지간히 바둑을 좋아했던 모양이다. 그는 편지를 쓱 보고 책상 위에 툭 던지고는 별일 아니라는 듯 다시 바둑을 두었다.

손님이 궁금하여 물었다.

"대체 무슨 일이오?"

사안이 태평스레 대답했다.

"아니, 뭐, 풋내기가 적을 물리쳤다는구려."

그러나 사안도 손님이 돌아간 뒤 안방으로 돌아올 때는 문턱에 발이 걸려 이가 부러진 것도 모를 정도였다고 한다. 역시 사안도 혼자 있을 때는 기뻐 어쩔 줄 몰랐던 것이다.

이러한 냉정한 위기 관리 역시 『한비자』에서 배울 만한 지도자상이다.

그 몸이 올바르면 명령하지 않아도 모든 것이 저절로 시행되고, 그 몸이 올바르지 않으면 명령을 내려도 백성들이 따르지 않을 것이다.

5

항상 자신을
높이는 지도자의 자세는

『정관정요』

'창업'의 고통과 '수성(守成)'의 고통

제왕학이란 무엇인가. 한마디로 말해 수성의 시대를 살아가는 최고자의 마음가짐이라 할 수 있다. 수성은 '이루어진 것을 지킨다'는 의미로 새로운 것을 만드는 것이 아니라 이미 만들어진 것을 지켜낸다는 뜻이다.

수성에는 창업과는 다른 고통이 따른다. 제왕학은 그에 대한 인식을 전제로 성립되었다. 이에 관련하여 다음과 같은 이야기가 있다.

한 고조 유방이 경쟁자인 항우를 죽이고 황제에 즉위했을 때 육고(陸賈)라는 학자에게 『시』와 『서』에 대한 강의를 부탁했다.

유방은 이름 모를 농민의 자식으로 젊은 시절 협객의 세계에 몸담았던 인물로 원래 학문이나 교양과는 거리가 먼 사람이었다. 그러나 황제라면 그래서는 안 된다.

예로부터 중국에서는 사회의 지도적 위치에 있는 사람이라면 학문과 교양을 필수적으로 갖춰야 한다고 여겼다. 하물며 황제가 학문과 교양이 없어서는 곤란하다. 그래서 당시 가장 기본적인 교양서라고 할 만한 『시』와 『서』를 배우고자 한 것이다. 그러나 유방은 금세 지겨움을 느껴 어느 날 육고에게 호통을 쳤다.

"이제 됐다. 나는 말 위에서 천하를 손에 넣었다. 지긋지긋한 『시』, 『서』 따윈 내게 필요없다."

그랬더니 육고는 그 자리에서 유방을 나무랐다.

"이것은 제가 주워들은 말입니다. 폐하는 말 위에서 천하를 손에 넣었으나 말 위에서 천하를 다스릴 수는 없습니다. 문과 무를 겸비하는 것이야말로 천하를 다스리고 지키는 비결이옵니다."

이에 대한 유방의 대답이 『사기』에 기록되어 있다.

"기분은 나쁘지만 부끄러운 기색이 보이는구나."

不懌而有慙色

신하에게 꾸짖음을 당했으니 기분이 좋을 리 없었을 것이다. 그러나 상대의 말이 올바른 것이었으므로 내심 부끄러웠던 것이다.

이 일화는 천하를 다스리고 지켜내기 위해서는 창업과는 다른 고통이 따른다는 것을 알려준다.

창업인가 수성인가

이 사실을 더욱 극단적으로 말해 주는 것이 『정관정요』에 소개된 '창업인가 수성인가' 하는 유명한 문답이다.

당 왕조의 2대 황제인 태종 이세민(李世民)이 어느 날 중신들에게 물었다.

"창업과 수성 중 어느 것이 더 힘든가?"

재상 방현령(房玄齡)이 먼저 대답했다.

"나라를 세울 때는 사회가 혼란스럽고 여기저기에서 뛰어난 영웅들이 활발한 움직임을 보입니다. 천하를 통일하려면 이들과의 패권 다툼에서 이겨야 합니다. 그러므로 나라를 세우는 일이 더 어렵다고 생각합니다."

그러자 이세민의 오른팔이나 다름없는 위징(魏徵)이라는 신하가 반론을 제기했다.

"그렇지 않습니다. 원래 천자의 자리는 하늘이 정하고 백성들이 주는 것이므로 얻기 어렵다고 할 수 없습니다. 그러나 일단 천하를 얻으면 마음이 풀어지고 억제할 수 없는 욕망이 생깁니다. 평온하게 살기를 원하는 백성들의 바람과 달리 징집이 끊이지 않고 백성들은 기아에 허덕이는데, 제왕은 호화스러운 생활을 감당하기 위해 점점 많은 세금을 거둬들입니다. 그러면 나라가 기울 수밖에 없습니다. 그러므로 저는 나라를 지키는 일이 더 어렵다고 생각합니다."

두 사람의 의견을 듣고 태종은 말했다.

"두 사람의 뜻을 잘 알았소. 방현령은 나를 도와 천하를 평정하고 갖은 고생 끝에 구사일생으로 목숨을 건져 지금에 이르렀소. 그의 처지에서 보면 나라를 세우는 일이 더 어렵다고 생각하는 것도 당연하오. 한편 위징은 나를 도와 천하의 안정을 도모해 왔소. 조금이라도 방심하면 분명 나라의 존속이 위험해질 거라고 늘 걱정하고 있소. 그러니 나라를 지키는 일이 더 어렵다고 한 것일게요. 자, 나라를 세울 때의 어려움은 이미 지난 일이니 앞으로는 그대들과 함께 전력으로 나라를 지킬 것이오."

당 태종 이세민은 초대 황제인 아버지 이연(李淵)을 도와 당 왕조를 창업했으니 그가 즉위했을 때는 이미 창업의 고통은 지나간 후였다. 그리고 당시 수성의 시대를 맞아 그것을 잘 헤쳐 나가리라는 결의를 측근들 앞에서 피력한 것이다.

『정관정요』에 나타난 지도자상

『정관정요』는 당 태종과 그의 중신들이 힘을 모아 수성의 시대를 살아가면서 겪은 고통스러운 경영담을 적은 책이다. 책 대부분이 태종과 중신들의 문답 형식으로 되어 있다.

'정관'은 태종이 나라를 다스린 때의 연호이며 23년 동안 계속되었다. 그동안 찾아보기 힘들었던 훌륭한 정치를 펼친 것을 따 '정관의 치'라 일컬으며 예로부터 이상적인 정치의 본보기가 되었다. 또 '정요'는 정치의 요체라는 의미다.

따라서 『정관정요』는 '정관의 치'로써 이루어낸 정치의 요체라는 말이다. 즉, 이 책은 '정관의 치'와 같은 이상적인 정치를 어떻게 하면 이룰 수 있는가에 대한 비결을 풀어냈다.

『정관정요』를 읽은 후 가장 먼저 느껴지는 것은 최고자가 된다는 것이 얼마나 힘든가 하는 점이다. 물론 평범한 지도자로 만족하면 어려울 것이 없다. 자신을 모시는 많은 부하들과 그들의 아첨에 기뻐하면서 지내기만 하면 된다. 그러나 조금이라도 나은 경영을 하기를 원하고 뛰어난 지도자가 되어 사람들에게 경애를 받고자 하면 그에 따른 고통은 엄청나다.

우선 듣기 싫은 간언도 기분 좋게 귀 기울이면서 자신을 엄격하게 다스려야 한다. 또한 큰 권한을 가지고 있으면서도 그것을 남용하지 않도록 스스로 제어할 수 있어야 한다. 요컨대 철저한 자기 희생의 연속이 제왕학의 출발점이라고 할 수 있다. 1, 2년 정도라면 누구나 가능할지도 모른다. 그러나 10년, 20년 계속한다는 것은 보통 일이 아니다.

『정관정요』에는 그러한 최고자의 고통이 여과없이 기록되어 있다. 이뿐만 아니라 그 내용도 태종 당대에만 통용되는 것이 아닌 시대를 초월한 보편성을 획득하고 있다. 이는 그 책이 제왕학의 원전으로 꼽히는 이유이기도 하다. 예로부터 위정자라면 대부분 『정관정요』를 읽었다. 중국의 역대 황제 대부분이 이 책을 읽고 정치를 펼쳤다.

『정관정요』는 수성의 시대를 살아가는 최고자의 마음가짐에 대해 어떻게 말하고 있을까. 좀 더 자세히 살펴보자.

편안히 있어도 위기를 생각하라

『정관정요』가 말하는 최고자의 마음가짐 그 첫째는 긴장감을 유지하는 것이다.

업적이 좋아 별다른 문제가 없을 때는 안심하여 긴장을 늦추는 것이 일반적이다. 그러나 최고자로서는 실격이다. 『정관정요』에서는 '상황이 좋을 때일수록 더욱더 긴장하여 업무에 임하라'고 했다.

어느 날 태종이 중신들에게 물었다.

"나라를 평화롭게 유지하는 것이 어려운 일이겠소, 아니면 쉬운 일이겠소?"

그러자 위징이 대답했다.

"굉장히 어려운 일이라고 생각합니다."

그러자 태종이 되물었다.

"우수한 인재를 등용하여 그들의 의견에 귀 기울여 나라를 다스리면 쉽지 않겠소? 그렇게 어려울 것 같지 않소만."

"지금까지 선왕들이 어떠했는지 생각해 보십시오. 나라가 위태로울 때는 우수한 인재를 등용하여 그들의 의견에 귀 기울여 나라를 다스렸습니다. 하지만 어느 정도 나라의 기반이 잡히면 처음의 긴장감은 사라지고 마음이 해이해집니다. 대부분의 신하들은 군주의 미움을 받을까 두려워 군주에게 잘못이 있어도 함부로 말씀드리려 하지 않습니다. 그러다 보면 나라는 점차 혼란스러워지고 결국 멸망하게 됩니다. 옛날부터 성인들이 평화로울 때일수록 위험에 대비하라고 말한 것은 이 때문입니다. 나라가 평온할수록 긴장감을 늦추지 말아야 합니다. 그런 연유로 어렵다고 말씀드렸습니다."

물론 이 사실은 위징이 말하지 않았더라도 태종 자신이 더 잘 알고 있었다. 또 다른 때 측근들을 모아 말했다.

"나라를 다스릴 때의 마음가짐은 병을 치료할 때의 마음가짐과 같소. 환자는 병이 호전될수록 더욱 몸조리에 주의를 기울여야 하오. 만약 방심하여 의사의 지시를 따르지 않으면 자칫 목숨을 잃게 될 것이오. 나라를 다스리는 일도 마찬가지오. 나라가 평온할 때 더욱 신중을 기해야 하오. 이제는 한시름 놓았다고 방심했다가는 필경 나라가 위태로워질 것이오. 지금 천하의 안위는 나의 어깨에 달려 있소. 그래서 나는 항상 신중을 기해왔소. 백성들이 칭송하는 소리를 들을 때도 아직 부족하다고 스스로 경계해 왔소. 그러나 혼자 힘으로는 한계가 있어 그대들의 의견에 귀를 기울여 온 것이오. 그대들과 나는 한마음 한뜻이니 앞으로도 나를 도와 나라를 다스리는 데 전념해 주었으면 하오. 옳지 않다고 생각되는 일이 있으면 숨기지 말고 말해 주시오. 혹시라도 짐과 그대들 사이에 의혹이 생겨 속마음을 이야기하지 않으면 나라를 다스리는 데 막대한 피해를 주게 될 것이오."

태종과 그를 보좌하는 중신들은 시종일관 이러한 긴장감을 늦추지 않고 나라를 다스렸으며 그 결과 '정관의 치'라 불리는 태평성대를 이룩할 수 있었다.

그러나 이것은 결코 쉬운 일이 아니다. 중국 3천 년 역사 속에서 긴장감 유지에 실패하여 파멸한 사례는 매우 많다.

그 예로 태종의 현손인 현종 황제를 들 수 있다. 그도 즉위 당시에는 긴장감을 갖고 정치에 전념하여 '개원의 치'라 불리는 태평천하를 이룩하기도 했다. 그러나 시간이 지남에 따라 정치에 싫증을 느끼고 절세미인이었던 양귀비에게 빠져 나라와 백성을 등한시해 마침내 나라가 멸망하고 만다.

최고자의 잠깐의 방심이 커다란 파경으로 이어진 사례를 통하여 긴장감을 유지시키는 것은 최고자의 중요한 조건이라는 점을 알 수 있다.

솔선하여 몸가짐을 바르게

공자의 언행을 기록한 『논어』에 이런 말이 있다.

"그 몸이 올바르면 명령하지 않아도 모든 것이 저절로 시행되고, 그 몸이 올바르지 않으면 명령을 내려도 백성들이 따르지 않을 것이다."

其身正 不令而行 其身不正 雖令不從

최고자가 부하에게 지도력을 발휘하고 충분한 설득력을 얻기 위해서는 우선 스스로 몸을 바르게 해야 한다. 태종은 자신의 몸을 바르게 하는 데도 노력을 게을리 하지 않았다. 『정관정요』에 다음과 같은 문답이 기록되어 있다.

어느 날 태종이 중신들에게 말했다.

"군주는 무엇보다 백성의 생활이 안정되는 데 항상 힘써야 하오. 백성이 땀 흘려 모은 돈을 갈취하여 혼자만 호화스런 생활을 누리는 것은 자신의 살을 떼어 먹는 것과 같소. 배를 다 채웠을 때는 그 이상 몸을 지탱할 수 없게 된다오. 나라가 평온하기를 바란다면 우선 스스로 바르게 행동해야 하오. 나는 지금까지 똑

바로 서 있는데 그림자가 휘었다거나, 군주가 훌륭하게 나라를 다스리는데 백성이 멋대로 행동했다는 이야기는 들어본 적이 없소. 나는 항상 지나친 욕망이 자멸을 초래한다고 생각해 왔소. 날마다 맛있고 기름진 음식을 먹으며 음악과 여색에 빠져 욕망을 절제하지 못하면 그에 막대한 비용이 들 것이오. 그러면 정작 나라를 다스리는 일에 관심이 멀어지고 자신의 욕망을 채우기 위해 백성들을 더욱 힘들게 할 것이오. 게다가 군주가 도리에 어긋난 말을 하면 민심은 흉흉해지고 반란을 도모하는 자도 나올 것이오. 그래서 나는 항상 욕망을 절제하려고 노력해 왔소."

그러자 위징이 말했다.

"예로부터 성인으로 추앙받은 군주들은 모두 자신의 욕망을 절제하고 바르게 행동하려고 노력했습니다. 그래서 이상적인 정치를 할 수 있었습니다. 일찍이 초(楚) 나라의 장왕(莊王)은 첨하(詹何)라는 현인을 초대하여 정치의 요체를 물었습니다. 그는 '우선 군주가 자신을 먼저 다스리고 올바르게 행동해야 합니다' 라고 대답했습니다. 장왕이 구체적인 방법을 물었지만 '군주가 나라를 올바르게 다스리는데 나라가 어지러워진 예는 없습니다' 라고 대답할 뿐이었습니다. 폐하께서 말씀하신 내용과 똑같은 이야기입니다."

또한 다음과 같은 이야기도 기록되어 있다.

"나는 이렇게 들었소. '주 나라도 진 나라도 처음 천하를 손에 넣었던 때의 모습은 비슷했지만 그 후는 달랐다. 주는 한결같이 선을 행하고 덕을 쌓았다. 그것이 8백 년의 긴 역사 동안 존속할 수 있었던 이유다. 그러나 진은 즐기기에만 빠져 형벌로써 백성을 다스린 결과 2대 만에 멸망했다' 라고 말이오. 실로 선을 행하는 자의 행복은 길고 악을 행하는 자의 수명은 짧은 것 같소. 또 이런 말도 들었소. '걸(桀)왕이나 주(紂)왕은 제왕이지만 오늘날 일개 필부로 전락하여, 당신에게 걸, 주와 같은 사람이라 말하면 그 이상의 치욕이 없다고 생각한다. 안회, 민자건(閔子騫)은 일개 필부에 지나지 않았지만 제왕에게 당신은 안회나 민자건과 같은 사람이라 말하면 그 이상의 칭찬이 없다고 생각하고 웃음을 짓는다' 라고 말이오. 이는 제왕이라면 부끄러워해야 할 일이라 생각하오. 나는 항상 이 이야기를 생각하며 자신을 다스리고 있소. 그러나 아무리 노력해도 고대 성인처럼 되지 못한다면 세간의 비웃음거리가 되지 않을까 하는 걱정도 한다오."

하(夏)의 걸왕과 은(殷)의 주왕은 예로부터 폭군의 상징으로 여겨졌으며 안회와 민자건은 모두 공자의 제자로 덕망과 인격을 겸비한 인물로 알려져 있다. 이러한 태종의 자기 수양에 대해 위징이 다음과 같이 상상을 덧붙여 말했다.

"옛날, 노(魯) 나라의 애공(哀公)이라는 자가 공자에게 '세상에는 건망증이 아주 심한 사람도 있더군요. 이사 갈 때 깜빡 잊고 부인을 데려가지 않았다더라구요' 라고 말하자, 공자는 '그보다 심한 사람도 있습니다. 폭군이었던 걸왕과 주왕은 자기 부인뿐만 아니라 자신조차 잊었으니 말이오' 라고 대답했다고 합니다. 그러니 폐하께서도 절대로 자신을 다스리는 일을 게을리 해서는 안 됩니다. 이것만 명심하신다면 적어도 후세 사람들에게 비웃음을 당하지는 않을 것입니다."

태종은 솔선하여 몸가짐을 바로잡을 것을 다짐하고 23년 동안이나 나라를 다스렸다. 이 역시 태종이 명군이라는 평가를 받을 수 있었던 이유 가운데 하나다.

간언에 귀를 기울여라

"약은 입에 쓰고, 바르고 충직한 말은 귀에 거슬린다."

良藥 苦於口 而利於病 忠言 逆於耳 而利於行

『공자가어(孔子家語)』

당 태종만큼 입에 쓴 양약(간언)을 환영한 최고자도 없다. 또
한 태종의 측근 중에는 위징을 비롯하여 직언을 잘하는 신하들
이 많았다.

태종 역시 태어나면서부터 명군이었을 리 없다. 신하들의 간
언을 적극적으로 수용하고 그들의 비판을 받아들이면서 몸소 자
신을 단련시켜 나갔던 결과다.

부하들의 충고에 귀 기울이는 것 역시 최고자의 중요한 조건
이라고 할 수 있다. 『정관정요』에 다음과 같은 문답이 있다.

어느 날 태종이 중신들에게 말했다.

"아무리 뛰어난 명군이라도 간신을 곁에 두면 훌륭한 정치를
펼칠 수 없소. 또한 아무리 현신이라도 군주를 잘못 만나면 역시
훌륭한 정치를 펼칠 수 없소. 군주와 신하의 만남은 물과 물고기
의 만남과도 같아 양쪽이 함께 호흡하여 잘 맞으면 나라에는 평
화가 올 것이오. 보다시피 나는 모자라는 사람이지만 운 좋게 여
러 곳에서 나의 과오를 바로잡아 주고 있소. 이후에도 천하의 태
평을 위하여 잘 부탁하오."

측근인 왕규(王珪)가 대답했다.

"저는 이렇게 알고 있습니다. '아무리 약한 나무라도 버팀목이 있으면 훌륭한 재목으로 클 수 있다. 그와 마찬가지로 군주도 신하의 간언을 받아들이면 훌륭한 군주가 될 수 있다'라고 말입니다. 예로부터 뛰어난 군주에게는 반드시 일곱 명 이상의 쟁신(爭臣)이 있어 군주가 간언을 듣지 않고자 해도 목숨을 걸고 간언했다고 합니다. 그러니 폐하는 마음을 열고 미천한 저희들의 의견을 잘 들어주십시오. 저희 역시 미약하나마 최선을 다해 책임을 다할 각오가 되어 있습니다."

앞서 서술한 것처럼 태종은 몸소 자신을 다스리고 긴장감을 늦추지 않으면서 정치를 했다. 그래서 신하들이 간언할 만한 것이 없었다. 그러나 태종은 계속해서 신하들의 간언을 기대했다.

태종 만년 때의 일이다. 태종이 위징에게 물었다.

"요즘은 통 의견을 말해 주는 사람이 없으니 도대체 어찌 된 일이오?"

"폐하는 신하들의 간언을 아무 거리낌 없이 잘 들어주셨습니다. 그러니 거리낌없이 의견을 말하는 자도 있을 법한데 다들 침묵을 지키고 있습니다. 의지가 약한 사람은 속으로는 생각해도 말을 내뱉지 못합니다. 또 아주 가까운 사이가 아닌 사람은 미움을 살까 두려워 좀처럼 말을 하지 못합니다. 그리고 지위에 집착하는 사람은 섣불리 말을 꺼냈다가 힘들게 오른 지위를 빼앗길까 두려워 적극적으로 말하려 들지 않습니다. 이것이 다들 침묵을 지키는 이유입니다."

이에 태종은 다음과 같이 대답했다.

"과연 그대 말이 옳소. 나 역시 항상 그것이 마음에 걸렸소. 신하가 군주에게 간언하려면 죽음을 각오해야 하오. 이는 사형장에 끌려가거나 적진의 한가운데로 뛰어들어 가는 것과 같소. 두려움없이 간언하는 신하가 적은 것은 이 때문일 것이오. 짐은 앞으로 겸허한 자세로 그대들의 간언을 받아들일 생각이오. 그러니 그대들도 괜한 걱정 말고 거리낌없이 의견을 말해 주시오."

철저한 자기 관리

최고자에게는 권력이 집중되어 있다. 하물며 황제라면 어떤 것이든 하고자 하면 못할 것이 없을 정도다. 그러나 그 권력을 자기 마음대로 행사한다면 최고자로서 무조건 실격이다. 태종은 이 점에서도 자신을 다스리기를 게을리 하지 않았다.

어느 날 중신들이 말했다.

"『예기』에 의하면 '늦여름 즈음에는 높은 전각에서 지내면 좋다'고 합니다. 지금은 늦더위도 거의 사라지고 금방이라도 가을 장마가 시작될 듯합니다. 습기로 눅눅한 궁중은 몸에 좋지 않으니 『예기』에 나온 것처럼 높은 전각을 지어 그곳으로 옮기는 것이 어떠하신지요?"

전각 하나 짓는 것쯤이야 황제로서 별로 큰일도 아니다. 그러나 태종은 거절했다.

"모두 잘 알고 있는 것처럼 나는 신경통으로 고생하고 있소. 물론 습기가 이 병에 좋지 않다는 것은 알고 있소. 그러나 여러분이 원하는 것처럼 높은 전각을 짓는다면 막대한 비용이 들 것이오. 옛날 한의 문제도 높은 전각을 짓고자 하였으나 그 비용이 보통 집 열 칸에 상당한다는 것을 알고 그만두었다고 들었소. 나는 문제보다 덕도 부족한데 돈만 많이 쓰면 백성의 부모나 마찬가지인 천자로 자격이 없지 않겠소."

중신들이 간곡히 부탁했으나 태종은 계속 고개를 내저었다고 한다.

태종의 유일한 낙, 요즘 말로 스트레스 해소법은 사냥이었다. 그러나 사냥도 원하는 만큼 즐기지 못했다.

곡나율(谷那律)이라는 측근이 있었다. 그가 태종의 사냥 길을 수행하던 중 갑자기 비가 내렸다. 태종이 곡나율을 돌아보며 물었다.

"어떻게 하면 비가 새지 않는 옷을 만들 수 있겠는가?"

"기와로 만들면 절대로 비가 새지 않을 것입니다."

이 대답에는 태종이 지나치게 수렵을 즐기지 말아주었으면 하는 마음이 담겨 있었다.

곡나율은 아주 완곡하게 말했지만 위징은 이에 대해 더욱 강경하게 말했다.

"만승의 군주라면 사냥처럼 위험한 일을 해서는 아니 됩니다. 국가와 백성을 위해 개인적인 즐거움은 참으셔야 하며 그보다는 정치에 더욱 힘써야 합니다."

당시 사냥은 오늘날로 말하자면 골프 정도와 비슷할 것이다. 최고자라고 해서 그런 취미 생활까지 참아야 한다는 것이 너무 가혹하게 생각될지도 모른다. 그러나 『정관정요』는 이러한 엄격한 자기 관리 없이는 훌륭한 최고자가 될 수 없다고 가르친다.

태도는 겸허하게 말은 신중하게

　최고자의 자기 관리는 단순히 취미나 기호에만 해당하는 것이 아니다. 태도와 몸짓, 생활 전반에 걸쳐 자기 관리가 필요하다.

　태종은 어느 날 중신들에게 말했다.

　"흔히 '황제의 자리에 오르면 사람들에게 멸시받을 일도 없으며 세상에 두려울 게 없다'고 하오. 그러나 나는 항상 하늘을 두려워하고, 그대들의 비판에 귀를 기울이며 겸허하게 행동해 왔소. 옛날 성천자인 순(舜)께서는 '사람이 자신의 능력이나 공적에 대해 자만하지 않고 겸허한 자세를 가지면 그 사람과 능력이나 공적을 겨룰 자가 없어진다'라고 말했소. 또 『역경(易經)』에서도 '교만을 멀리 하고 겸허를 가까이 하는 것이 인간의 도리다'라 하고 있소. 황제라는 자가 겸허함을 잊고 거만한 태도를 취하면 가령 도리에 어긋나는 짓을 해도 잘못을 지적해 줄 사람이 한 명도 없을 것이오. 나는 말이나 행동을 할 때 반드시 하늘의 도리에 어긋나지 않는지, 그대들의 의견이 제대로 반영되었는지 자문하며 신중을 기해왔소. 이는 하늘이 저렇게 높은데도 땅에서 벌어지는 일을 속속들이 알며, 신하들은 항상 군주의 행동을 주시하고 있기 때문이오. 그래서 나는 항상 겸허하게 행동하고 말과 행동에 잘못됨이 없는지 반성을 게을리 하지 않는 것이오."

그러자 위징이 말했다.

"옛날 군주 중에도 처음에는 나라를 잘 다스리다가 마음이 해이해져 나라를 위기로 몰고 간 사례가 많았습니다. 그러니 부디 폐하께서는 하늘과 백성을 두려워하시어 항상 겸허하게 행동하고 스스로 경계를 게을리 하지 마십시오. 그리하시면 나라는 앞으로도 계속 번영할 것이며 혼란에 빠질 일도 없을 것입니다."

'윤언여한(綸言如汗 : 윤언은 땀과도 같다)' 라는 말이 있다. 즉, 천자의 말은 땀과 같아서 한 번 밖으로 나오면 다시 돌이킬 수 없다는 의미이다. 그러므로 천자의 발언은 항상 신중해야 한다.

태종은 이 점에서도 자신을 다스리기를 게을리 하지 않았다. 어느 날 중신들을 모아놓고 말했다.

"누군가와 이야기를 나눈다는 것은 참으로 어려운 일이오. 일반 서민들도 다른 사람과 이야기할 때 누가 조금이라도 기분을 상하게 하면 그것을 기억했다가 언젠가 반드시 보복하기 마련이오. 하물며 만승의 군주가 신하와 이야기할 때는 사소한 실언도 용납되지 않소. 아무리 사소한 실언이라도 그 말이 미치는 영향이 매우 커서 서민들의 실언과는 비교가 되지 않소. 나는 이를 항상 가슴 깊이 새겨두고 있소."

최고자라면 태도나 말 또한 스스로 다스릴 줄 알아야 한다.

국궁진력 사이후이(鞠躬盡力 死而後已)

당 태종은 앞서 말한 바와 같은 각오로 정치에 임했다. 그 결과 지금까지도 자기 희생을 감내하고 한결같은 노력을 게을리 하지 않은 최고자상이라 여겨진다. 물론 그 노력은 신하들의 그것과 비교되지 않을 만큼 큰 것이었다. 마지막으로 당 현종 이상의 명군이라 불리는 청의 강희제(康熙帝)의 경우를 살펴보고자 한다.

태종의 치세가 23년간 계속되었던 것에 비해 강희제는 61년이라는 긴 세월 동안 치세를 펼쳤다. 그사이 그는 끊임없이 올바른 치세를 위하여 노력했다. 한결같은 노력이 지속된 자신의 생애에 대하여 강희제 자신은 만년에 다음과 같이 술회했다.

"제갈량은 '명령을 받들어 힘을 다하고 죽을 때까지 최선을 다한다'고 했다. 그만큼 정치에 힘쓴 신하는 제갈량 한 사람밖에 없다. 제왕의 어깨에는 다른 사람에게는 맡길 수 없는 막중한 책임이 걸려 있는 만큼 신하와 같은 수준으로 논할 수 없다. 신하는 맡을 일은 맡고 거절할 일은 거절할 수 있다. 또한 나이가 들면 은퇴하여 자식이나 손자들과 즐거운 시간을 보내며 유유자적할 수도 있다. 그러나 군주는 일생 동안 마음의 휴식을 취할 여유가 없다."

'국궁진력'은 힘을 다하여 노력한다는 의미다. 제갈량의 '출사의 표'에서 나온 말인데 강희제는 이 말을 즐겨 썼다. 어느 날 신하 가운데 한 사람이 다음과 같이 말했다.

"폐하, 그 말은 신하들이 쓰는 말입니다. 황제가 쓰기에는 어울리지 않습니다."

그러자 강희제는 '짐은 하늘의 하인이니라'라고 말했다고 한다. 또한 나이 든 신하들이 은퇴를 신청할 때마다 '그대들은 좋겠소. 짐에게는 언제나 휴식의 날이 찾아오려나'하며 눈물을 흘렸다고 한다. 강희제의 술회는 계속 이어진다.

"옛 사람들은 '무릇 제왕이란 대강으로 행하되 세밀하게 해서는 안 된다'라고 했다. 그러나 짐은 그렇게 생각하지 않는다. 한 가지 일에도 주의를 기울이지 않으면 천하에 괴로움을 주고 잠깐이라도 주의를 기울이지 않으면 두고두고 주변에 걱정을 끼치게 된다. 또한 작은 일을 조심하지 않으면 곧 큰일을 그르치게 된다.

그래서 짐은 아무리 작은 일이라도 소홀히 하지 않았다. 오늘 처리하지 않으면 내일은 그만큼 많은 것을 처리해야 한다. 내일 쉬면 그 다음날 그만큼 많은 일이 쌓이게 된다. 정무가 많으니 미루어서는 안 된다. 그래서 짐은 국정에 임함에 작은 일 큰일 관계없이 소중히 하여 작은 실수라도 발견하면 반드시 수정했다."

최고자로서 가져야 할 훌륭한 마음가짐이며 본보기가 될 만한 노력이라 할 수 있다. 사서에서도 그 노력을 다음과 같이 칭송했다.

"강희제는 그 총명함과 재간, 학력 모든 면에서 한의 문제, 당의 현종에 모자람이 없다. 재위 60여 년 동안 꾸준히 정치에 임하였으며 단 한 번도 게으른 적이 없었다. 모든 사람이 그를 따른 것은 당연한 일이다."

강희제나 태종과 같은 최고자의 노력은 무언의 설득력이 되어 부하나 백성을 움직였다. 직무에 대한 노력 역시 최고자의 중요한 조건이라는 점을 잊어서는 안 된다.

바쁜 중에 한가로움을 얻고 싶으면 모름지기 먼저 한가한 때 그 마음 바탕을 마련하라. 시끄러운 중에 고요함을 얻고 싶으면 모름지기 먼저 고요한 때 마음의 주인을 세워두라. 그렇지 않으면 마음은 환경에 따라 변하고 사물에 따라 흔들리지 않을 수 없다.

6

바쁜 속에서도
여유를 가지며 살라

『채근담』1

일생 동안 읽은 평생의 책

『채근담(菜根譚)』, 처음 이 책의 이름을 들었을 때 조금 이상하다고 생각했을지도 모른다. '채근' 은 글자 그대로 '나물 및 풀뿌리' 를 말하며 '담(譚)' 은 '담(談)' 과 같은 뜻이다. 그렇다고 이 책이 식물이나 채소에 관한 책은 아니다.

『채근담』이라는 제목은 '사람이 항상 나물[菜]과 뿌리[根]를 씹을 수 있으면 무슨 일이든 다 이룰 수 있다' 라는 말에서 유래했다고 한다. '채근' 은 변변치 못한 끼니다. 그렇게 역경을 헤쳐나가면 어떠한 일이든 해낼 수 있다는 의미다. 그러한 우의를 내포하면서 어떻게 하면 가난해도 알찬 인생을 살 수 있는가 하는 문제를 여러 각도에서 서술하고 있는 것이 바로 『채근담』이다.

『채근담』은 인생의 지침서다. 이렇게 말하면 유치한 서생론을 연상할 수도 있겠으나 결코 그렇지 않다. 오히려 그와 반대로 인생의 원숙한 경지에서 노련한 처세술의 극치를 보여준다고 할 수 있다.

이 책이 쓰인 것은 명 나라 시대 만력(萬曆) 연간(1573~1620)이라 전해지고 있으니 지금으로부터 400년 전 정도이다. 중국 고전 중에는 가장 최근 것에 속한다.

『채근담』은 전집과 후집으로 나누어지며 전집 225, 후집 135 도합 360개의 짧은 문장으로 되어 있다(문장을 구별하는 방법에 따라 약간의 차이가 있다). 전집에서는 주로 삼엄한 현실을 살아나가는 처세의 지혜를 말하고 있고 후집은 정신적으로 풍요로운 삶을 즐기는 방법에 대해 이야기한 것이 많다.

저자는 홍응명(洪應明)으로 자는 자성(自誠), 호는 원초(遠初)를 썼다. 명대 만력 연간의 인물인데 자세한 경력은 잘 알려져 있지 않으며 거의 무명인이라 보아도 무방하다. 그런 사람이 쓴 책이 어째서 이토록 폭넓은 독자의 지지를 받고 있는 것일까.

『채근담』의 특징을 한마디로 말하면 유불도, 즉 유교와 불교와 도교를 융합하여 인생을 어떻게 살아가야 하는지에 대해 역설했다고 할 수 있다.

예부터 중국인들의 이상이나 도덕은 항상 유교나 도교의 관점에서 형성되었다. 이 두 가지는 서로 대립하고 보완하면서 중국인의 의식을 지배해 왔다.

유교는 학문을 닦고 입신하여 나라 다스리기를 주장한 지식인의 이상이자 '겉'의 도덕이었다. 그러나 '겉'으로 드러나는 도덕만으로는 세상을 살아가기 힘들다. 그래서 필요한 것이 '속'의 도덕이다. 그리고 그 기능을 담당한 것이 도교였다. 유교가 공명심으로 경쟁하기를 촉구했다면 도교는 스스로 자신의 인생을 여유롭고 만족스럽게 살아가는 것을 이상으로 삼았다고 할 수 있다.

그러나 유교와 도교 같은 중국의 고전은 소위 '응대사령(應對辭令 : 눈앞의 냉엄한 현실을 어떻게 살아갈 것인가 — 역주)'의 학문이었으며 개인의 마음에 대한 문제까지는 깊이 다루지 않았다. 그것을 보완한 것이 바로 인도에서 들어온 불교이며 이를 토대로 중국에서 독자적인 전개를 보인 것이 '선(禪)'이다.

『채근담』은 이 세 종교의 가르침을 융합하여 처세술의 극치를 보여주고 있는데 그것이 이 책의 매력이기도 하다.

이제 본격적으로 『채근담』의 내용과 그 원문을 살펴보자.

인생은 짧다. 그렇다면…

인생은 짧다. 옛 사람들 모두가 그렇게 말했다. 평균 수명이 연장된 오늘날도 마흔 살을 넘어 쉰 살이 되면 서서히 그 말을 실감하기 시작한다.

중국의 시문 가운데는 인생의 짧음을 탄식한 것들이 많다.

사람의 일생은 흰 망아지가 달려가는 것을 문틈으로 내다보는
듯 빨리 지나간다.

人生一世間 如白駒過隙 『宋史』

인생은 아침 이슬과도 같이 덧없다.

人生如朝露 『漢書』

위의 말 뒤에 둘 다 똑같이 '그러니 인생을 즐기면서 살아야
한다' 는 내용이 뒤따르고 있다는 점이 흥미롭다.

중국인은 현실적 현세적인 민족으로 알려져 있다. 그들은 아
마 어떻게 하면 자신의 환경에 걸맞는 행복한 삶을 살 수 있을까
많은 생각을 했을 것이다. 『채근담』은 이들을 위해 조언한다.

"천지는 영원하지만 인생은 두 번 오지 않는다. 길어야 백 년
인 인간의 수명은 눈 깜짝할 사이에 지나간다. 우리는 삶을 즐겁
게 보내려고 노력하는 동시에 한 번뿐인 인생을 허비하지 않도
록 항상 주의해야 한다."

天地有萬古 此身不再得 人生只百年 此日最易過 幸生其間者

  즐거운 인생과 유익한 인생 이 두 가지를 항상 생각하라는 뜻
이다. 우리의 삶의 방식은 어떠한가. 유익한 인생을 위해서는 노
력하지만 즐거운 인생에는 소홀하지는 않았는가. 일에 쫓겨 매
일 아득바득 살아가다 보면 어느새 인생이 황혼에 접어들고, 일
은 했지만 아무것도 남지 않은 그런 인생이 대부분은 아닌가. 그
런 인생은 도대체 무엇을 위해 살았는지조차 알 수 없다.

  인생을 즐기기 위해서 경제적으로 여유가 있으면 좋다. 그러
나 경제적인 여유가 없다고 해서 인생을 즐길 수 없는 것은 아니
다. 어떠한 사람이든 각각의 환경에 맞게 충분히 즐길 수 있는
방법은 있기 마련이다.

  "부자에게든 가난한 사람에게든 곳곳마다 어디든 참된 취미
가 있으니 그 서 있는 땅은 누구에게나 같다. 다만 욕심에 가려
본성을 잃으면 눈앞의 것을 그르치게 되고 그 결과 지척이 천 리
가 된다."

  處處有種眞趣味 金屋茅簷 非兩地也 只是欲蔽情封 當面錯過
使咫尺千里矣

단, 즐거움은 적당히 즐겨야 하는 것이지 거기에 빠져들면 안 된다고 경고하고 있다.

"입에 맛있는 음식은 모두 창자를 녹이고 뼈를 썩게 하는 약이니 반쯤만 먹어야 재앙이 없으며 마음을 즐겁게 하는 일은 모두 몸을 망치고 덕을 잃게 하는 매개물이니 반쯤에서 그쳐야 곧 후회가 없으리라."

爽口之味 皆爛腸腐骨之藥 五分便無殃 快心之事 悉敗身喪德 之媒 五分便無悔

『예기』에도 '하고자 하는 대로 다 이루려고 하면 안 되며, 지나치게 즐거움을 좇아서도 안 된다(志不可滿 樂不可極)' 라고 쓰여 있다. '즐거움이 다하면 애달픈 정이 가득해(歡樂極兮哀情多『秋風辭並序』)' 지기 때문이다. 우리도 이를 명심하면서 최대한 자신에게 적절한 즐거움을 찾아 충실한 인생을 영위할 수 있어야 한다.

우선 자신을 확립하라

최근 조직의 '화합'이라는 말이 자주 쓰인다. 입만 열면 '화합, 화합'이라며 평범한 경영자들도 이 말을 즐겨 쓰는 듯하다.

어떤 조직이든 그것이 조직인 이상 '화합'이 필요하다. 한 사람 한 사람이 자기 마음대로 생각하고 제각각 행동한다면 조직이 제 기능을 할 수 없다. 그런데 우리가 말하는 '화합'에는 조금 문제가 있다.

공자는 '군자는 화합하되 뇌동하지 아니한다 君子 和而不同. 『논어』'고 했다. 군자는 '화합'하고자 하지 '동일'해지고자 하지 않는다는 의미다.

여기에서 '화합'은 자신의 주체성 확립을 전제로 주변 사람들에게 협조한다는 뜻이다. 이에 반해 '동일'은 자기 주체를 잃어버리고 동조한다는 말로 부화뇌동과 같은 의미라 할 수 있다. 우리가 이해하는 '화합'은 '동일'을 강요하고 있는 듯하다. 그러나 그렇게 해서는 진정한 사회인이라 할 수 없다. 그렇다면 '화합'과 '동일'을 어떻게 나누어야 할까. 이에 관해 『채근담』의 조언은 도움이 된다.

"세상을 살아갈 때는 반드시 세속과 같게 하지도 말고, 또한 다르게 하지도 마라. 일을 할 때는 반드시 남이 싫어하게 하지도 말고 또한 기쁘게 하지도 마라."

處世 不宜與俗同 亦不宜與俗異 作事 不宜令人厭 亦不宜令人喜

자신의 주체성을 갖는 일은 하루아침에 가능한 일이 아니다. 대부분의 사람들에게 매일의 일상은 단조롭기 짝이 없다. 그러한 단조로움에 묻혀 타성에 젖어 살면 주체성을 확립하려 해도 금세 자신을 잃어버리게 된다. 그렇게 되지 않기 위해서는 어떠한 상황에서도 자신을 확립할 수 있어야 한다.

"바쁜 중에 한가로움을 얻고 싶으면 모름지기 먼저 한가한 때 그 마음 바탕을 마련하라. 시끄러운 중에 고요함을 얻고 싶으면 모름지기 먼저 고요한 때 마음의 주인을 세워두라. 그렇지 않으면 마음은 환경에 따라 변하고 사물에 따라 흔들리지 않을 수 없다."

忙裡 要偸閒 須先向閒時討個杷柄 鬧中 要取靜 須先從靜處立個主宰 不然 未有不因境而遷隨事而靡者

또한 다른 사람과 사귈 때는 다음과 같은 마음가짐이 필요하다.

"뜻을 굽혀 사람들의 환심을 얻기보다는 자신을 곧게 지켜 사람들의 미움을 받는 것이 차라리 낫다. 선행이 없으면서 남의 칭찬을 받기보다는 나쁜 일을 하지 않으면서 사람들의 조롱을 받는 것이 차라리 낫다."

曲意而使人喜 不若直躬而使人忌 無善而致人譽 不若無惡而致人毁

겸양의 미덕을

자기 주체성을 확립하고자 늘 자기 주장만을 하면 오히려 역효과다. 좋든 싫든 우리는 다양한 인간관계 속에서 살아갈 수밖에 없다. 원만한 인간관계를 쌓아나가기 위해서는 먼저 겸양의 미덕이 필요하다. 『채근담』에는 이에 대해 여러 번 언급했다.

"사람의 마음은 끊임없이 변하고 세상 길은 험난하다. 쉽게 갈 수 없는 곳에서는 한 걸음 물러서는 법을 알아야 하고 쉽게 갈 수 있는 곳에서는 어느 정도 공로를 사양하는 것이 좋다."

人情反復 世路崎嶇 行不去處 須知退一步之法 行得去處 務加讓三分之功

이 부분이 좋은 예다. 또 이런 말도 있다.

"벼랑길같이 작고 좁은 곳에서는 한 걸음쯤 멈추어 다른 사람을 먼저 지나가게 하라. 맛있는 음식은 세 등분으로 덜어서 다른 사람에게 나누어 즐기게 하라. 이것이야말로 세상을 기쁘게 살아가는 좋은 방법이다."

徑路窄處 留一步與人行 滋味濃的 減三分讓人嗜 此是涉世一極安樂法

공자도 '내가 서고자 할 때 남을 먼저 세우라'고 했다. 자신이 어떤 지위에 오르고 싶다면 먼저 다른 사람을 세우라는 의미인데 이러한 겸양의 미덕을 몸에 익히기 위해서는 면밀한 계산이 필요하다.

예를 들어 '평생 동안 길을 양보해도 백 보도 안 된다(終申讓路 不枉百步『唐書』)' 라는 말이 있다. 이러한 계산에 따른 행동을 지속함으로써 겸양의 미덕은 점점 확실한 처세의 지혜가 된다.

『채근담』에서는 다음과 같이 경고한다.

"모든 일에 욕심을 다 채우려 하지 않고 여분을 남겨 못 다한 뜻을 둔다면 하느님도 나를 시기하지 않으며 귀신도 나를 해하지 않는다. 모든 일에서 완전한 만족을 구하고 공로 또한 완전하길 바란다면 안으로부터 변란이 일어나거나 혹은 반드시 바깥으로부터 근심을 부르게 된다."

事事留個有餘不盡的意思 便造物不能忌我 鬼神不能損我 若業必求滿 功必求盈者 不生內變 必召外憂

나라뿐만 아니라 개인의 삶에서도 마찬가지다. 일반적으로 자타가 공인하는 수완가일수록 자멸하는 경우가 많은 것은 능력이나 공적을 혼자서 독차지하려 들었기 때문이다. 그런 유형의 사람들에게 『채근담』은 다음과 같이 경고한다.

"세상을 살아갈 때 한 걸음 물러서라. 그렇지 않으면 마치 부나비가 촛불에 뛰어들고 숫양이 울타리에 부딪치는 것과 같아 안락함을 누릴 수 없다."

處世 不退一步處 如飛蛾投燈 羝羊觸藩 如何安樂

예로부터 명재상이라 불리는 사람들 중에는 겸양의 미덕을 지닌 사람들이 많았다. 주 왕조의 명보좌관이었던 주공단(周公旦)을 예로 들 수 있다. 그는 공적을 세워 노(魯) 나라의 왕으로 봉해졌으나 중앙의 정무로 무척 바빴다. 그래서 아들인 백금(伯禽)을 대신 파견하였는데 그가 아들을 보내면서 말했다.

"나는 재상이라는 낮지 않은 지위에 있으나 다른 사람이 나를 방문하면 머리를 감다가도 밥을 먹다가도 그를 만났다. 그러면서도 오히려 우수한 인재를 잃을까 염려했다. 너도 노 나라에 가거든 왕이라 해서 교만하게 행동하지 않도록 하여라."

『노자』에도 '싸우지 않는 덕(不爭之德)' 이라는 말이 있다.

"적을 잘 이기는 자는 적과 대적하지 않으며 사람을 잘 쓰는
자는 그의 아래가 되니 이것이, 즉 싸우지 않는 덕이라."

善勝敵者不與 善用人者爲之下 是謂不爭之德

다른 사람 위에 서고자 할수록 이 말을 명심해야 할 것이다.

다른 사람 위에 서는 비법

인간관계에서 겸양의 미덕과 함께 또 하나 잊어서는 안 될 것
이 관용, 즉 포용력이다.

이는 관리직처럼 다른 사람 위에 서야 하는 직업에 있는 사람에
게는 더욱 필요하다. 공자도 '관용을 베풀면 대중을 얻는다'라 했
다. 다시 말해 관용을 베풀면 부하를 비롯한 주변 사람들의 지지를
얻어낼 수 있다는 의미다. 『채근담』에서도 관용에 대해 강조했다.

"남의 단점은 가능한 감싸주어야 한다. 이를 폭로하면 단점으
로 단점을 질책하는 것이 되므로 아무런 효과를 기대할 수 없다.

남이 완고할 때는 잘 타일러야 한다. 감정적으로 대하면 완고로 완고에 맞서는 것이 되므로 쉽게 해결될 문제도 어려워진다."

人之短處 要曲爲弥縫 如暴而揚之 是以短攻短 人有頑的 要善 爲化誨 如忿而疾之 是以頑濟頑

후한 시대에 반초(班超)라는 사람이 있었다. 그는 30년 동안 서역 경략(西域經略)에 종사하여 50여 개 국을 복속시키고 한 왕조의 위광을 이역 만리에 떨쳤다.

반초가 서역에 있은 지 30년 만에 나이가 들어 책임자의 지위를 그만두게 된 뒤 그 후임자로 발탁된 사람이 임상(任尙)이다. 임상은 그때 반초를 방문하여 서역 경영에 임하는 자세에 대해 물었다. 반초가 대답했다.

"자네는 성격이 너무 결백하고 조급한 것 같아 그게 걱정이네. 원래 '물이 너무 맑으면 큰 물고기는 살지 않는 법'이야. 마찬가지로 정치도 너무 엄하게 하면 아무도 따라오지 않지. 그러니 사소한 일은 덮어두고 대범하게 다스리도록 하게나."

임상은 반초의 말을 귀담아 듣지 않고 다른 사람에게 그의 말을 다음과 같이 전했다.

"반초에게 뭔가 대단한 묘책을 들을 수 있을 줄 알았는데 별

것 아닌 설교만 늘어놓더군."

　그가 부임하고 얼마 있지 않아 서역 제국의 이반이 계속되었
고 결국 반초의 고생도 헛것이 되었다.

다른 사람에게는 관용, 자신에게는 엄격

"사소한 일은 덮어두고 대범하게 다스려라."

　이 말은 이민족을 대할 때뿐만 아니라 모든 인간관계에도 그
대로 적용된다. 단, 관용은 다른 사람에게 베푸는 것이지 자신에
게 베푸는 것이 아니다. '자신에게는 엄격하게, 다른 사람에게
는 관용으로' 대해야 한다는 점을 명심해야 한다.

　"다른 사람의 잘못에는 너그럽게 대하고 자신의 잘못은 엄격
하게 다스려라. 자신의 고통은 이를 꽉 물고 견뎌야 하나 다른
사람의 고통은 그냥 지나쳐서는 안 된다."

　人之過誤 宜恕 而在己則不可恕 己之困辱 當忍 而在人則不可忍

"남에게 책임을 물을 때는 상대의 실수를 지적하면서 동시에 실수하지 않은 부분도 함께 평가한다. 그렇게 하면 상대도 불만을 갖지 않는다. 반면 자기를 반성할 때는 성공을 했어도 그중에서 잘못된 점을 찾아 반성할 정도로 엄해야 한다. 자신을 엄하게 다스리면 인간적으로 크게 성장할 수 있다."

責人者 原無過於有過之中 則情平 責己者 求有過於無過之內 則德進

언젠가 어느 성장 기업의 경영자와 이야기를 나눌 기회가 있었는데 그는 부하를 꾸짖는 일이 얼마나 힘든 일인지에 대해 말했다. 꾸짖어야 할 때 제대로 꾸짖지 못하면 조직이 제 기능을 할 수 없게 되고 무엇보다 본인이 성장할 수 없게 된다. 그렇다고 해서 너무 엄격하게 하면 위축되거나 반발심을 사게 된다. 마음이 약한 경영자일수록 이러한 고민이 더욱 크다. 『채근담』의 경고는 다음과 같다.

"너무 조급하게 굴면 오히려 상황을 파악하기 어려울 때가 있다. 그럴 때는 마음을 느긋하게 먹고 저절로 밝혀지기를 기다려야 한다. 무리하게 상대를 다그쳐 반발심을 사서는 안 된다. 사람을 부릴 때, 좀처럼 마음먹은 대로 되지 않을 때가 있다. 이 경우 다그치지 말고 상대가 자발적으로 행동할 때까지 기다린다. 일일이 간섭하면 점점 엇나갈 뿐이다."

事有急之不白者 寬之或自明 躁急以速其忿 人有操之不從者 縱之或自化 操切以益其頑

이는 부하에 대해서뿐만 아니라 부모가 자식을 대할 때도 마찬가지다. 잘못은 눈감아주고 자식의 응석만 받아주어서는 부모의 책임을 다할 수 없다. 그러나 자식에게 일일이 간섭하면 오히려 반발심을 초래하게 된다. 그러므로 눈을 감지는 않되 적절히 거리를 두는 것이 좋다.

균형 감각을 익혀라

중국인의 생활 태도 가운데 가장 두드러지는 것이 바로 균형 감각이다. 예를 들어 이익을 추구할 때도 그렇다. 중국인들은 가능한 자신의 이익과 타인의 이익이 공존할 수 있도록 애쓴다.

공자도 '과유불급(過猶不及 『논어』)'이라 했다. 어쨌든 '넘치고자' 하는 것이 우리의 성미인 듯하다. 『채근담』에는 다음과 같이 나와 있다.

"너무 높은 지위를 갖지 마라. 너무 높으면 위태롭다. 능숙한 일이라도 힘을 다 쓰지 말라. 다 쓰면 쇠퇴한다. 행실을 너무 고상하게 하지 마라. 너무 고상하면 비방과 욕설이 다가온다."

爵位 不宜太盛 太盛則危 能事 不宜盡畢 盡畢則衰 行誼 不宜過高 過高則謗興而毁來

'넘치지 마라'는 조언은 인격 형성에도 해당된다. 먼저 겸양은 미덕이라 하지만 아무리 미덕이라고 해도 도가 지나치면 오히려 좋지 않다. 관용이라 해도 도가 지나치면 야무지지 않아 보인다.

"약속은 미덕이지만 지나치면 모질고 더러운 인색이 되어 오히려 정도(正道)를 손상시킨다. 겸양은 아름다운 행실이지만 지나치게 공손하고 삼가면 비굴이 되어 본마음을 의심하게 된다."

儉美德也 過則爲慳吝 爲鄙嗇 反傷雅道 讓懿行也 過則爲足恭

為曲謹 多出機心

그러면 어떻게 하면 좋을까. 다음의 말이 도움이 될 것 같다.

"사람의 기상은 높을수록 좋지만 소홀해서는 안 되고, 마음은 빈틈이 없어야 하지만 자질구레해서는 안 된다. 취미는 깨끗한 것이 좋지만 지나쳐서는 안 되고, 지조는 엄정하게 지켜야 하지만 과격해서는 안 된다."

氣象要高曠 而不可疎狂 心思要縝密 而不可瑣屑 趣味要冲淡, 而不可偏枯 操守要嚴明 而不可激烈

균형을 잃은 사람은 안정성이 없고 위태로워 보인다. 이러한 사람에게 일을 맡기면 불안할 수밖에 없다. 다른 사람에게 그렇게 보이지 않기 위해 다음 주의 사항 정도는 기억해 두는 것이 좋겠다.

"기쁨에 들떠 승낙하지 말며 술 취한 기분으로 함부로 성내지 마라. 즐거운 마음에 들떠 일을 많이 하지 말고 피곤하다 하여 끝맺음을 소홀히 마라."

不可乘喜而輕諾 不可因醉而生嗔 不可乘快而多事 不可因倦而
鮮終

역경을 이겨내는 힘

　빈틈없는 사람들은 거의 모두 한두 번쯤 역경을 경험해 본 적
이 있다. 경영자도 한 번 좌절을 경험하고 재기한 사람들이 더욱
강하다. 역경은 누구에게나 찾아온다. 문제는 그 시기를 어떻게
헤쳐 나가느냐 하는 것이다. 이에 관해 『채근담』에서는 다음과
같이 말한다.

　"사람을 괴롭히는 역경은 호걸을 단련하는 화로이자 망치다.
능히 그 단련을 받아내면 심신이 함께 이로울 것이며 그 단련을
이겨내지 못하면 심신이 함께 해롭다."

　橫逆困窮 是煅煉豪傑的一副鑪錘 能受其煅煉 則心身交益 不
受其煅煉 則心身交損

또 이런 말도 있다.

"역경에 처해 있을 때는 주위가 모두 침과 약이어서 자신도 모르게 절조와 행실을 닦게 된다. 모든 일이 순조로울 때는 눈앞이 모두 칼과 창이어서 살을 에고 뼈를 깎아도 깨닫지 못한다."

居逆境中 周身皆鍼砭藥石 砥節礪行而不覺 處順境內 眼前盡兵刃戈矛 銷膏磨骨而不知

이렇게만 할 수 있다면 역경도 그다지 고통스럽지만은 않을 것이다.

중국 속담에 '역경 속에서 역경을 받아들이면 다른 사람 위에 설 수 있다'는 말이 있다. 역경에 단련되면 인간으로 성장할 수 있고 지도자로 덕을 쌓을 수 있다는 의미다.

동진 시대의 명장으로 도간(陶侃)이라는 사람이 있었다. 그가 광주(廣州)의 장관으로 좌천되었을 때의 일이다. 그는 매일 아침 커다란 기와 백 장을 집 밖으로 갖다 놓고 저녁이 되면 집 안으로 들여놓는 작업을 계속했다. 부하 가운데 한 사람이 왜 그런 일을 하느냐고 물었다. 도간이 대답했다.

"언젠가 또 최일선에 서게 될지 모른다. 그때를 대비하여 고통을 참아내는 훈련을 하고 있는 것이다.”

그는 부하가 술과 노름에 빠져 일을 게을리 하는 것을 보고 술잔과 노름 도구들을 강에다 던진 뒤 꾸짖으며 그럴 틈이 있으면 책을 한 권 더 읽으라고 했다 한다.

도간은 늘 ‘성인은 촌음(寸陰)을 다투고 평범한 사람은 분음(分陰)을 다툰다’ 라고 말했다고 전해진다. 지도자에게는 이러한 노력이 필요하다.

인생에는 좋은 날이 있는가 하면 그렇지 않은 날도 있다. 상승 기류일 때가 있는가 하면 하강 기류일 때도 있다. 아주 열심히 노력해도 그만한 결과가 나타나지 않는 때가 있는가 하면 노력하지 않고 큰 성과를 누릴 때도 있다. 그야말로 좋은 일과 나쁜 일의 연속이며 좋은 일이 생겨 기뻐하고만 있으면 한순간에 나락으로 굴러 떨어지게 되기도 한다. 이러한 삼엄한 인생을 헤쳐 나가기 위해 다음과 같은 말이 우리에게 도움이 될 것이다.

“쇠퇴하는 모습은 충만함 속에 있고 생동하는 움직임은 스러지는 가운데 있다. 그러므로 군자는 편안할 때 진심으로 뒷일을 염려해야 하고 백 번을 참고 견디어 성공을 도모해야 한다.”

衰颯的景象　就在盛滿中　發生的機緘　即在零落內　故君子居安
宜操一心以慮憂　處變當堅百忍以圖成

『역경(易經)』에서도 '궁하면 변하고 변하면 통한다(窮即變 變
即通)'고 했다. 현재 힘든 상황이어도 그 상황이 언제까지나 지
속되는 것은 아니다. 밤이 지나면 반드시 아침이 오는 것과 같이
정세 역시 반드시 변화하며 새로운 전망이 열리게 돼 있다. 그것
을 믿고 견디는 것이 역경을 이겨 나가는 비결이다. 또한 지금
역경에 있는 사람에게는 다음과 같이 격려한다.

"오래 엎드려 있던 새는 반드시 높게 날고 먼저 핀 꽃은 홀로
일찍 떨어진다. 사람도 이런 이치를 알면 가히 발을 헛디딜 근심
을 면할 수 있고 가히 초조한 생각을 없앨 수 있다."

伏久者　飛必高　開先者　謝獨早　知此　可以免蹭蹬之憂　可以消躁
急之念

평소에 자신을 단련하자

수신이나 수양이라 함은 원래 밖으로부터 오는 것이 아니다. 스스로 자신을 단련시키는 자각적인 노력이 바로 수신이자 수양 이다. 그리고 누구보다도 이것이 필요한 사람이 다른 사람 위에 서야 하는 사람, 즉 지도자다. 오늘날의 지도자들에게는 이것이 결핍되어 있다. 자신을 단련시키는 일은 하루아침에 효과가 나 타나지 않는다. 평소에 끊임없는 노력이 필요하다. 『채근담』에 서도 이 점을 지적했다.

"새끼줄로 톱질하여 나무를 자르고 물방울로도 돌을 뚫으니, 도를 배우는 사람은 모름지기 더욱 힘써 구해야 한다. 물이 모이 면 시냇물을 이루고 참외도 익으면 꼭지가 떨어지니 도를 얻으 려는 사람은 온전히 하늘의 작용에 내맡겨야 하느니라."

繩鋸木斷 水滴石穿 學道者 須加力索 水到渠成 瓜熟蒂落 得道 者 一任天機

노력하라는 것은 그리 어려운 요구가 아니다. 문자 그대로 일 상 속에서의 마음가짐과 각오만 있으면 된다. 예를 들면 바로 이 것이다.

"한가한 때 헛된 시간을 보내지 않으면 바쁠 때 쓸모가 있고, 조용한 때 마음을 놓지 않으면 활동할 때 쓸모가 있으며, 어둠 속에서 속이고 숨기는 일이 없으면 밝은 곳에서 그 보람을 누릴 수 있다."

閑中不放過 忙處有受用 靜中不落空 動處有受用 暗中不欺恩 明處有受用

이러한 노력을 쌓아나감으로써 비로소 설득력있는 훌륭한 인물이 탄생할 수 있는 것이다. 그렇다면 『채근담』에서 말하는 훌륭한 인물이란 과연 어떤 인물일까. 이 역시 어떤 의미에서는 평범하다고 할 수 있으나 그렇기 때문에 더욱 힘든 것이다. 마지막으로 『채근담』에서 언급한 이상적인 인물상을 소개하며 이 장을 맺고자 한다.

"작은 일을 소홀히 하지 않고 비밀스런 곳에 속이고 숨기지 않으며 실패했을 때도 자포자기하지 않는 사람이 진정한 대장부다."

小處不滲漏 暗中不欺隱 末路不怠荒 纔是個眞正英雄

나아갈 때 물러섬을 생각하면 진퇴양난의 재앙을 면할 수 있고 손을 댈 때 손 뗄 것을 생각하면 호랑이가 타는 위태로움을 면할 수 있다.

7

'물러섬'으로
결정되는 인생의 가치

『채근담』2

『논어』에서 공자는 다음과 같이 말했다.

"천하에 도가 있으면 나타나고 도가 없으면 숨어야 한다."

天下有道則見 無道則隱

정직한 사회라면 나가서 관직에 오르는 것이 좋지만 그렇지 않다면 물러서서 초야에 숨어 지내는 것이 군자의 삶의 방식이라는 말이다. 엄격하게 말하면 이것이 '출처진퇴(出處進退)'의 원 뜻이다.

그러나 우리는 이를 실생활에 제대로 적용하지 못한다. '그 정도면 괜찮다'는 식으로는 안 된다.

『채근담』의 저자인 홍자성은 젊은 시절 과거 시험에 합격하여 관직에 올랐으나 물러서는 것이 마땅하다고 생각하고 초야에 묻혀 유유자적한 생활을 보냈다고 한다. 삶의 방식을 공자의 가르침대로 한 것이다. 조직 속에서 흙탕물을 마시며 살아가는 우리로서는 그러한 우아한 생활을 선택하기란 쉽지 않다.

'출처진퇴'라고 할 경우 일반적으로는 물러섬을 연상하게 된다. '물러섬' 자체에 의의가 있는 것은 사실이지만 그것만이 '출처진퇴'의 전부는 아니다. 먼저 물러선다는 일 자체는 쉽게 볼 수 있는 일이 아니며 일반적인 사회인에게 그런 상황은 거의 생기지 않는다. 오히려 우리에게는 물러서기보다 조직 속에서 어떻게 살아남아야 할 것인가, 어떻게 하면 내 생각을 관철시킬 것인가가 더 큰 과제다. 이러한 관점에서 『채근담』은 여러 가지 조언을 해준다.

심한 결벽증은 좋지 않다

"몸가짐을 지나치게 맑고 깨끗하게 하지 마라. 때 묻고 더러운 것을 모두 용납할 수 있어야 한다. 사람을 사귈 때는 지나치게 분명히 하지 마라. 선악과 현명함, 그리고 어리석음을 함께 포용할 수 있어야 한다."

持身 不可太皎潔 一切汚辱垢穢 要茹納得 與人 不可太分明 一切善惡賢愚 要包容得

심한 결벽증은 왜 거부감이 들까. 이 사회에서는 '맑음'과 '흐림'이 공존한다. 그 속에서 '맑음'만을 주장하면 주변 사람들에게 거부감을 주어 고립되기 십상이다. 그래서 배척되거나 비난을 받기도 한다. 물론 가능한 '맑음'을 지키는 것이 좋다. '흐림'보다는 낫기 때문이다. 그러나 자신이 '맑음'이므로 다른 사람의 '흐림'을 탓하면 스스로 자신의 편견에 사로잡히게 된다. 그보다는 유쾌한 대응을 해야 한다.

옛날 후한 시대에 양진(楊震)이라는 청렴한 고관이 있었다. 그가 어느 지방의 장관으로 임명되었을 때 밤늦게 부하 관료 한 사람이 그를 방문했다. 그 관료는 '이렇게 늦은 밤이면 아무도 모를 테니 받아두십시오' 하면서 양진에게 돈을 주려고 했다. 잘 부탁한다는 의미에서였지만 양진은 거절했다.

"하늘이 알고 땅이 알고 당신이 알고 내가 압니다."

양진의 말에 상대는 부끄러워하며 되돌아갔다고 한다. 이는 '양진의 사지'로 잘 알려져 있는 유명한 이야기다.

양진은 청렴 면에서는 존경할 만한 인물이다. 그러나 후에 재상 자리에 올랐을 때 상층부의 정쟁에 휘말려 자결한다. 원고한 청렴결백이 오히려 주위의 반발을 산 것이다. 결벽도 도가 지나치면 이런 화를 부를 수 있다. 그렇지 않기 위해서는 '흐림'까지도 포용할 수 있는 폭 넓은 마음가짐이 필요하다. 특히 이는 위에 서는 사람에게는 더욱더 필요한 조건 가운데 하나다.

중국의 긴 역사 속에서 명군이라 손꼽히는 사람 가운데 송의 태종이라는 황제가 있다. 어느 날 태종은 변하(汴河)의 수군에 종사하는 사람 중에 관의 물건을 훔쳐 팔려고 하는 자가 있다는 상소를 보게 되었다. 태종이 중신들에게 말했다.

　　"쥐구멍을 막기가 힘들 듯 단물만 빨아먹으려 하는 자를 근절하기란 쉽지 않소. 뱃사공들이 조금 부정을 저질러도 공무에 지장이 없는 한 엄격하게 다룰 필요는 없소. 관의 물자가 원만하게 흐르는 한 너무 심하게 다그치지는 마시오."

　　옆에서 지켜보던 여몽정(呂蒙正)이라는 재상도 이 말에 찬성하며 덧붙였다.

　　"물이 너무 맑으면 고기가 살지 않고 꾸짖음이 심하면 사람이 모이지 않는다고 합니다. 군자가 보기에 보통 사람이 하는 짓은 뻔한 일이니 큰 마음으로 대해야 일이 잘 풀릴 것입니다. 이번 경우도 분부하신 대로 일부러 긁어 부스럼 내는 것 같은 일은 하지 않아야 합니다."

　　이러한 마음가짐으로 태종은 나라를 잘 다스렸다고 한다. 물론 사소한 결점을 꾸짖지는 않는다 해도 중요한 것은 확실히 해 두어야 한다. 꾸짖을 것은 꾸짖고 놓아둘 것은 놓아두는 유연한 대응이 필요하다. 조직 속에서도 이렇게 대응하면 그만큼 궁지에 몰릴 염려도 없을 것이다.

재능은 감춰둬라

"진정으로 청렴한 사람은 청렴함이 겉으로 드러나지 않는다. 만약 청렴함이 겉으로 드러나면 그것은 명성을 얻으려는 탐욕이 있기 때문이다. 참으로 큰 재주는 별다른 교묘한 재주가 없다. 잔재주를 부리는 것은 그만큼 졸렬하기 때문이다."

眞廉 無廉名 立名者 正所以爲貪 大巧 無巧術 用術者 乃所以爲 拙

밖에서 조직 속의 인간 군상을 들여다보면 30대 나이의 사람 가운데 '저 사람은 될 만한 사람이다', '저 사람은 정말 수완가다'라고 자타가 공인하는 인물일수록 잘되는 경우가 드물다는 것을 알 수 있다. 도중에 자멸하거나 스스로 조직을 뛰쳐나가는 경우가 적지 않다.

왜 그럴까. 자신의 능력이나 재능을 겉으로 너무 많이 드러낸 것이 가장 큰 원인이 아닐까 한다. 항상 자기 의견만 주장하거나 내가 아니면 안 된다는 태도로 임해서는 주위의 반발을 사게 돼 있다. 그 결과 언제 어디선가 반드시 발목을 잡힌다.

물론 사회인으로 살아가려면 자신만의 능력이 필요하다. 주어진 책임을 다하기 위해서는 항상 자기 계발에 힘써야 하고 점차 자신의 능력을 높여야 한다. 이는 말할 것도 없는 사실이다. 그러나 능력을 과시하거나 자랑하면 오히려 손해다. 가진 능력은 오히려 깊숙이 감추어둘 필요가 있다. 중국인은 예로부터 그것을 가슴속에 새겼다.

젊은 시절 공자가 노자의 평판을 듣고 가르침을 받으러 갔을 때 노자가 말했다.

"장사를 잘하는 사람은 물건을 깊숙하게 감추어 언뜻 보면 아무것도 없는 것처럼 보이게 하듯, 군자는 고상한 품덕을 갖추고 있지만 겉으로는 어리석은 듯 보인다네 良賈深藏若虛 君子盛德容貌若愚. 총명하고 통찰력이 있으면서도 죽을 위험에 처한 사람은 대부분 타인에 대한 비판을 너무 많이 했기 때문이야. 또한 말을 잘하고 박식하면서도 위험에 처한 사람은 타인의 약점을 폭로했기 때문이라 할 수 있지. 대체로 사회생활을 하는 사람은 자기 주장을 강하게 펴지 않는 것이 좋다네."

특히 조직 생활을 하는 사람이라면 더욱 명심해야 하는 말이다.

송대에 두연(杜衍)이라는 재상이 있었다. 그는 후배 가운데 한 사람이 어느 현의 장관으로 발탁되었을 때 일부러 그 사람을 불러 다음과 같이 말했다고 한다.

"기량으로 보아 자네는 현의 장관 정도로는 만족하지 않을 것으로 보네. 그러나 될수록 재능을 숨기고 경거망동하지 않는 것이 좋아. 주위와 잘 협조하여 반발을 초래하지 않도록 해야 하네. 그렇지 않으면 모든 일이 원만히 돌아가지 않고 화를 자초하게 될 걸세."

그 재상은 이 말을 잘 이해할 수 없었다.

"선생은 보통 때 한 치의 타협도 하지 않으며 당당히 맞섰기 때문에 천하를 다스릴 수 있었던 것 아닙니까. 그런데 저에게는 반대로 말하다니 무슨 이유에서입니까?"

두연은 다음과 같이 대답했다.

"나는 지금의 지위에 오르기까지 긴 세월 동안 수많은 직무를 경험했네. 그러는 사이 황제에게 인정을 받고 조야(朝野)의 신뢰를 받아 지금 이렇게 나의 신념을 국정에 반영할 수 있게 된 것이라네. 그런데 자네는 이제 막 현의 장관에 임명되었고 이후 승진은 상사가 어떻게 보느냐에 달려 있지. 현의 업무상 주장관의 지위가 아니면 그렇게 간단히 얻을 수 있는 것이 아니라네. 상사에게 인정받지 못하면 언제까지나 현의 장관에만 머물러 더 높은 위치에서 자신의 신념을 정치에 반영할 수 없게 되지. 쓸데없는 화를 부를 필요는 없네. 가능한 경거망동하지 않는 것이 좋다고 말한 것은 이 때문이라네."

두연의 충고는 오늘날 조직 사회를 살아가는 데도 도움이 된다. 능력이 많은 사람일수록 그것을 드러내지 않는 지혜가 필요하다.

우선 '후퇴'를 생각하라

"나아갈 때 물러섬을 생각하면 진퇴양난의 재앙을 면할 수 있고 손을 댈 때 손 뗄 것을 생각하면 호랑이가 타는 위태로움을 면할 수 있다."

進步處 便思退步 庶免觸藩之禍 著手時 先圖放手 纔脫騎虎之危

중국인은 나아갈 것을 생각할 때 그만큼 물러설 것도 생각한다. 예를 들어 『손자』의 병법을 들 수 있다. 『손자』에 나오는 전략의 기본 전제 가운데 하나는 '승산이 없으면 싸우지 않는다'는 것이다. 싸워서 이길 가망이 없는 전쟁은 하지 않으며 싸울 때는 이길 가망이 있기 때문에 한다는 뜻이다.

　그렇다면 승산이 없을 때는 어떻게 해야 할까. 일단 한 걸음 물러선다. 뒤로 물러서서 전력을 비축하면 이길 수 있는 기회는 또 얼마든지 찾아온다. 이처럼 무리하지 않는 것이 『손자』의 발상이다.

　인생을 살아가는 방식도 마찬가지다. 나아갈 줄만 알고 물러설 줄 모르는 것은 위험하다. 잘될 때는 문제가 없다. 그러나 한 번 벽에 부딪치면 자신을 잃고 쓰러지게 된다. 『노자』에 이런 말이 있다.

　"구부러졌으므로 그 생명력을 완수할 수 있다. 움츠렸으므로 펼칠 수 있다. 오목해야만 물을 채울 수 있다. 나이가 들었으므로 새로운 생명을 품을 수 있다. 소유한 것이 적으면 얻을 것이 많다. 소유한 것이 많으면 화가 생긴다."

펼치기 위해서는 우선 굽혀야 한다는 의미다. 이러한 탄력적인 삶의 방식을 지니면 굽히는 것이 그저 고통만은 아닐 것이다. 때로는 일부러 물러서거나 굽힐 줄 아는 유연한 삶을 살 수 있어야 한다.

무엇이든 '줄이는' 것이 현명하다

"인생에 하나를 덜면 곧 하나를 초월한다. 사귐을 덜면 곧 시끄러움을 면하고, 말을 덜면 곧 허물이 적어지고, 생각을 덜면 곧 정신이 소모되지 않고, 총명을 덜면 곧 본성을 완성할 수 있다. 사람들이 날로 줄이기를 원하지 않고 오직 더하기를 원하는 것은 스스로의 삶을 속박하는 것이다."

人生減省一分 便超脫一分 如交遊減 便免紛擾 言語減 便寡愆尤 思慮減 則精神不耗 聰明減 則混沌可完 彼不求日減而求日增者 眞桎梏此生哉

머리로는 줄이는 것이 현명한 것이라 생각해도 사람들이 가진 저마다의 욕심 때문에 쉽게 줄일 수 없다. 『한비자』에서는 다음과 같이 말한다.

"뱀장어는 뱀을 닮았고, 누에는 송충이와 흡사하다. 사람들은 뱀을 보면 깜짝 놀라고, 송충이를 보면 질색하지만 고기잡이는 뱀장어를 손으로 주무르고, 여자들은 누에를 손으로 만진다. 이득이 생기기만 하면 사람은 누구나 최고의 용사가 되는 것이다."

이러한 욕심은 인간 사회에 활력을 불어넣고 발전할 수 있게 한다. 이런 좋은 점이 있는 반면 이것이 심해지면 자멸의 원인이 된다. 역시 『한비자』에 다음과 같은 이야기가 있다.

옛날 진 나라의 헌공(獻公)이 괵(虢) 나라를 치고자 했는데 그러기 위해서는 어떻게든 우(虞) 나라의 영내를 통과해야만 했다. 그래서 헌공은 우 나라 왕에게 보화와 준마를 선사하며 길을 빌려줄 것을 요청했다. 우 나라 왕은 선물을 보고 놀라 청을 받아들이고자 했다. 그것을 보고 중신 가운데 한 사람이 말했다.
"괵 나라와 우 나라는 한 몸이나 다름없는 사이기 때문에 괵 나라가 망하면 우 나라도 망할 것입니다. 옛 속담에도 수레의 짐받이 판자와 수레는 서로 의지하고, 입술이 없어지면 이가 시리다고 했습니다. 이는 바로 괵 나라와 우 나라의 관계를 말합니다. 따라서 결코 길을 빌려주어서는 안 됩니다."

그러나 우 나라 왕은 그 말을 듣지 않고 진에게 길을 빌려주었다. 그 결과 괵은 멸망했고 머지않아 우도 진에 의해 멸망했다. 『한비자』에는 이 이야기를 소개한 뒤 다음과 같이 적었다.

"우가 나라를 잃은 것은 왜일까. 눈앞의 이익에 사로잡혀 그에 따른 손해를 생각하지 않았기 때문이다. 그러니 나는 '작은 이익에 사로잡히면 커다란 이익을 잃는다'라고 말하고자 한다."

구태여 『한비자』의 예를 들지 않더라도 옛날부터 욕심으로 말미암아 생긴 자멸의 예는 무수히 많다.

욕심 그 자체는 반드시 부정할 필요가 없다. 다만 정황을 살피지 못해 균형 감각을 잃고 자신의 욕심만을 채우고자 하는 것이 문제다. 『노자』에서도 이를 경고한다.

"족한 것을 알면 욕되지 아니하며 그칠 때를 알면 위태롭지 않아 비로소 장구할 수 있다."

知足不辱 知止不殆 可以長久

　자신의 파멸을 자초하지 않기 위해서는 족한 것, 그칠 때를 알
아야 한다는 의미다. 즉, 자신만 좋으면 된다는 생각을 버리고
욕망의 충족은 적절하게 하라는 뜻이다.

　조직 속의 인간관계에서도 마찬가지라 할 수 있다. 자신의 이
익을 생각한다면 타인의 이익도 배려해야 한다. 그래야만 균형
이 잡힌다. 그런데 욕심은 상황이나 연령에 따라 각자 다르게 나
타난다. 그중에서 가장 주의해야 할 욕심은 어떤 것일까.

　"군자에게는 자중해야 할 세 가지가 있다. 아직 혈기가 안정
되지 않은 청년 시절에는 색욕을 자중해야 한다. 혈기가 안정된
장년 시절에는 투쟁욕을 자중해야 한다. 혈기가 쇠퇴한 노년기
에는 물욕을 자중해야 한다."

　각각의 연령에 따라 이 정도만 주의해도 출처진퇴에 따른 화
를 면할 수 있을 것이다.

『채근담』 2　191

꿍수신퇴(功遂身退)는 하늘로 이르는 길

"일이 막혀 궁지에 빠졌다면 그 일의 시작으로 되돌아가서 생각하라. 성공하여 만족한 사람은 반드시 그 일의 마지막을 미리 예견하라."

事窮勢蹙之人 當原其初心 功成行滿之士 要觀其末路

출처진퇴의 요점은 무엇보다 '물러남' 이다. 이것을 얼마나 잘하느냐가 그 사람에 대한 평가를 결정하는 커다란 핵심이다. 누구든 현명한 출처진퇴를 희망한다. 그러나 막상 그 상황에 서면 의외로 쉽지 않다. 권력의 자리나 이익이 많이 남는 자리에 있는 사람일수록 더욱 그렇다. 물러서면 권력이나 이익을 잃어버리게 된다. 이 점을 생각하면 계속 그 자리에 머물고 싶은 것이 인지상정이다. 그래서 그 자리를 떠나는 물러섬에 상당한 결의가 필요한 것이다.

어느 나라의 역사에서든 물러설 때를 모른 인물들을 쉽게 찾아볼 수 있다. 이는 이 문제의 어려움을 실제로 보인 예라 할 수 있다. 그렇다고 무조건 물러서는 것만이 최고는 아니다. 물러서기 전에 주어진 책임을 다하는 것이 전제되어야 한다. 책임도 다하지 못한 채 물러서기만 하는 것은 단순한 책임 회피일 뿐이다.

『노자』에서도 '공수신퇴'라 했다. 여기에서 주목해야 할 점은 '공'과 '퇴'가 함께 나온다는 점이다. 즉, 임무를 완수하기 전에 뛰쳐나와서는 안 된다. 미묘한 것은 물러서고 책임을 다하는가, 물러서지 않고 책임을 다하는가의 문제다. 이는 오늘날에도 자주 일어나는 문제인데 대부분 물러서지 않고 다한 책임은 물러서고 싶지 않다는 생각의 구실이 되는 경우가 많다. 책임을 다한 때는 책임을 다한 사람으로서 미련없이 물러설 줄 알아야 한다.

중국의 긴 역사 속에서 훌륭하게 물러서는 모습을 보인 두 인물이 있다. 그 가운데 하나는 월(越)의 왕 구천(句踐)을 모신 범려(范蠡)라는 군사다. 구천은 경쟁자인 오의 왕 부차(夫差) 앞에 굴욕적인 패배를 당했고 이후 '와신상담'하여 복수를 다짐했다. 그런 구천을 도운 것이 범려다. 목적을 달성한 뒤 범려는 그 공을 인정받아 신하 가운데 최고 지위인 대장군에 임명되었다. 그런데 임명되자마자 사임을 신청하고 국외로 나가 버렸다. 왜 그랬을까. 그는 구천의 사람됨을 고통은 함께할 수 있어도 즐거움은 함께할 수 없는 사람이라고 보았기 때문이다. 이후 범려는 경제계로 투신하여 순식간에 엄청난 부를 쌓았다고 전해진다. 범려가 그렇게 성공할 수 있었던 것은 인간이나 정황을 읽어낼 줄 아는 안목과 통찰력이 있었기 때문이라고 할 수 있다.

범려와 함께 또 한 명 '공수신퇴'를 이룬 인물은 범저(范雎)다. 이 사람은 진의 재상으로서 '원교근공(遠交近攻)'이라는 교외 전략을 내놓았다. 공적이 큰 만큼 사소한 실수도 있었지만 그는 물러서기를 결심했다. 그때 그가 말했다.

"욕심이 그칠 줄 모르면 그 하고자 하는 바를 잃고, 가지고 있으면서 만족할 줄 모르면 가지고 있던 것마저 잃는다."

欲而不止 失其所以欲 有而不足 失其所以有

갖고 있는 것에 연연하여 매달리면 지금까지 쌓아 올린 공적마저도 허물어진다는 의미다.

"천지의 도는 극에 달하면 반하게 되어 있고 얻고자 하면 잃게 되어 있다."

天地之道 極則反 盈則損

이 말은 『회남자(淮南子)』라는 고전에 나오는데 인간의 도도 마찬가지라 할 수 있다. 결국 『채근담』에서 말한 바와 같이 정상에 오르면 보기 좋게 물러설 줄 아는 것이 현명한 삶의 방식인 것이다.

격물치지란 우리 마음의 좋은 뜻으로 모든 사물을 이룬다는 뜻이다. 우리 마음의 좋은 뜻으로 이루면 만사, 만물 모든 것들이 이치를 얻을 수 있다. 우리 마음의 좋은 뜻을 이루는 것이 치지이며 만사, 만물이 그 이치를 얻는 것이 격물이다.

뜻을 실현시키고자 하는
강한 의욕을 가져라

『양명학』

'행동'으로 옮기는 열기

양명학이라고 하면 많은 사람들이 오시오 헤이하치로(大鹽平八郎)와 미시마 유키오(三島由紀夫)를 떠올린다. 미시마가 어느 정도 양명학을 체득하였는가는 그의 유작 『혁명 철학으로서의 양명학』을 읽어보아도 확실히 알 수는 없다. 그러나 만년의 비극적인 자멸로 이어지는 궤적을 통해 어느 정도는 알 수 있다.

이 두 사람뿐만 아니다. 양명학에 깊은 관심을 보인 또 다른 사람으로 요시다 쇼인(吉田松陰)이나 가와이 쓰구노스케 (河井繼之助), 사이고 다카모리(西鄕隆盛) 등을 들 수 있다. 그리고 그들 계보의 맨 아래에는 노기 마레스케(乃木希典)가 있다.

작가인 시바 료타로(司馬遼太郎)는 노기 장군에 관해 쓴 『순사(殉死)』라는 소설에서 다음과 같이 이야기한다.

"자신을 자신의 정신을 연기하는 사람으로 여기고 그 외의 행동은 취하지 않았다. 이러한 사고방식은 메이지 이전까지 이어져 온 특수한 사상 가운데 하나다. 소위 양명학파로 마레스케는 그 계보의 마지막에 있었다. 에도 막부는 이를 위험한 사상으로 여기고 이학(異學)으로 규정, 금지했다."

그렇다면 양명학이란 무엇인가. 역시 『순사』에서 시바는 덧붙인다.

"양명학파는 자신이 이것이다라고 믿는 것이 절대 진리이며 그것을 스스로 안 이상 정신에 불을 지펴 행동으로 옮겨야만 한다. 또한 행동으로 옮김으로써 이상이 완결된다고 믿는다."

양명학을 양명학답게 하는 것은 정신에 불을 지피는 것이며 행동으로 옮기고자 하는 열기다. 그런데 그 행동의 결과가 결국 비극적인 결과를 낳는 경우가 많다. 어째서 비극적인 결과를 맞게 되는가. 그들의 행동이 대부분 반체제로 기울어져 있으며 체제로부터 보호받기를 거부하기 때문이다. 반체제적인 것조차도 개의치 않는 행동으로의 열기가 결과적으로 비극적인 결말을 초래하는 것이다.

미시마 유키오는 전기(前記) 『혁명 철학으로서의 양명학』에서 '행동 철학으로서의 양명학은 이미 먼지 더미 속에 파묻힌 채 책꽂이 깊숙이 꽂아둔 책과도 같은 처지가 되었다' 라고 말했다.

확실히 그 후의 양명학은 반체제 행동의 지주가 되지 못했고 비극적인 행동을 하는 사람도 없어졌다. 그 한계를 볼 때 양명학은 역사적 소임을 끝냈다고 볼 수도 있다. 그렇다면 양명학은 단지 그것뿐인가. 나는 그렇게 생각하지 않는다.

양명학이 후퇴한 이후 어떤 의미에서 양명학의 대를 이은 것은 바로 마르크스주의인데, 이 역시 현재는 행동 철학 으로서의 힘을 잃었다.

이러한 상황에서 양명학을 검토하고 현대를 살아가는 행동 지침을 돌아본다는 것이 어쩌면 부질없는 일일지도 모르겠다.

'뜻'을 상실한 시대

양명학의 특징은 무엇보다 행동에 대한 열기라 할 수 있다. 그러나 이는 양명학 특유의 현상은 아니다. 사상이라는 이름이 붙은 것들 가운데 행동이나 실천을 전제하지 않는 사상은 없다. 그러므로 사상은 그저 말로만 해서는 안 될 일이다. 이 때문에 양명학이 다른 사상보다 격심한 행동을 향한 의욕을 지녔다는 것만으로는 아무런 설명도 되지 못한다. 문제는 행동의 내용이며 성격이다. 도대체 양명학이 요구하는 행동은 어떤 것일까.

먼저 뜻이다. 뜻은 인생의 대명제이기도 하다. 뜻이 확립되어 있지 않으면 아무리 행동을 해도 그것은 단순한 망동(妄動)에 지나지 않는다.

왕양명(王陽明)은 말했다.

"뜻을 세우지 않는 것은 키가 없는 배와도 같고 재갈을 빠뜨린 말과도 같다. 표탕분일(漂蕩奔逸)하여 살아가기가 힘들다."

배에 키가 없으면 파도에 쓸려 다닐 수밖에 없다. 이는 마치 우리 현대인들이 살아가는 모습과도 같다. 파도에 쓸려 다니는 이유를 왕양명은 뜻이 확실히 서 있지 않기 때문이라고 한다. 현대는 '뜻을 상실한 시대' 라 할 수 있다. 우리는 도대체 무엇을 위해 사는 것일까. 인생의 목표가 겨우 집 한 칸 마련하는 것이라면 그 뜻이 너무 낮다.

최근에는 기업 경영에도 그 뜻이 있는지 없는지가 문제가 된다. 어느 백화점 사장에게 경영 이념을 물었더니 '장사와 처리' 라고 답했다고 한다. '장사' 는 시장의 요구에 맞춰 상품을 판매

하는 것이고 '처리'는 재고를 최소화하는 것을 의미한다. 이 이야기를 듣고 나는 이런 것을 과연 경영 이념이라고 할 만한가 하는 의문이 들었다. 백 번을 양보해도 너무 낮은 수준의 이념이라 할 수밖에 없다.

최근 복각된 책 『논어와 손익』 속에 흐르고 있는 것은 '뜻'이다. 바로 이것이 현대의 경영자들 대부분에게는 없는 것이다.

오늘날 양명학에서 배울 만한 것이 바로 '뜻'이다. 물론 뜻을 세우는 것만으로는 충분치 않다. 뜻을 세웠다면 그 다음으로 그것을 현실화할 수 있도록 하는 노력이 있어야 한다. 그래야만 뜻이 완결된다. 양명학 역시 이러한 의욕을 중시하고 있는데 이에 대해서는 이후에 상술하기로 한다.

마지막으로는 전략 전술을 들 수 있다. 아무리 뜻을 세우고 강렬한 의욕을 불태워 행동에 옮기려 해도 적절한 전략 전술이 없으면 소기의 목적을 달성할 수 없다. 오히려 자폭에 빠질 위험이 높다.

왕양명은 '소진(蘇秦), 장의(張儀)가 발휘한 지모는 성인의 지혜에 다름없다'라며 전국 시대에 활약한 권모가들의 술책을 적극적으로 평가했다. 또한 그 자신도 훌륭한 전략 전술을 익힌 일류 병법가였다. 양명학에서의 행동에는 이 전략 전술이 전제되

어 있다는 것을 잊어서는 안 된다. 이는 기업 경영에도 적용할
수 있다.

양명학의 계보

양명학을 조금 더 상세히 알기 위해서는 중국 사상사의 흐름
을 알아둘 필요가 있다. 특히 양명학과 주자학과의 관련을 모르
고서는 양명학을 말할 수 없다. 주지하다시피 중국 사상사의 가
장 큰 흐름은 유학이다. 양명학 역시 사상 계보상으로 말하면 유
학에 속한다.

그렇다면 공자, 맹자로 비롯되는 유학은 어떤 학문일까. 그 특
징을 한마디로 말하면 '수기치인(修己治人)'이다. 혹은 『대학(大
學)』이라는 고전에 있는 '수신제가치국평천하'라는 말로 대표할
수도 있다.

'치인'은 사람을 다스리는 것, 즉 사회의 지도적 위치에 서서
정치하는 것을 의미한다. 이를 조금 더 쉽게 이야기한 것이 '제가,
치국, 평천하'라는 말이며 그런 의미에서 유학은 '경세제민(經世

濟民)'의 학문, 즉 정치의 학문이라고도 할 수 있다.

유가가 제창한 정치는 덕치주의(德治主義)인데 이것이 성립되기 위해서는 지도적 위치에 있는 인물이 그 지위에 걸맞는 덕을 겸비해야 한다. 여기에서 바로 '수기'나 '수신'의 필요성이 생겨난다. '수신'이라 말하면 왠지 싫어하는 사람이 많다. 그러나 본래 '수신'은 외부로부터 자유롭게 자신을 닦는 자각적인 노력이라는 뜻이다. 그리고 그런 노력을 한 사람만이 지도적 위치에서 다른 사람을 다스릴 만한 자격이 있다고 하는 유가의 주장은 그 나름대로 설득력이 있다.

이것이 '수기치인'의 의미인데 주자학도, 주자학을 비판적으로 계승한 양명학도 이러한 유학의 기본 속에서 성립되었다. 유학의 창시자인 공자, 맹자는 힘찬 기백으로 '수기치인'의 실천에 노력을 기울였다. 그러나 시대가 변하면서 이들 선각자들의 기백은 그 힘을 잃었고 단순한 해석을 위한 학문, 즉 '훈고(訓詁)의 학문'이 되었다. 결국 유학은 과거를 위한 학문으로 평가되며 이상의 활력을 잃었다.

활력을 잃은 유학을 대신하여 사람들의 마음을 사로잡은 것이 노장 사상과 인도에서 들어온 불교다. 유학은 원래 실천 도덕이라는 색채가 강하여 그것을 기초로 한 철학 체계가 부족했다. 이에 반해 노장 사상이나 불교의 교리는 포괄적인 철학 체계 위에서 성립되었다. 이러한 점 때문에 '훈고의 학문'으로 전락한 유학은 열세일 수밖에 없었다.

정황이 이렇다 보니 유학자들 사이에서는 당연히 위기감이 높아졌다. 이 위기감을 떨쳐 내기 위해 형성된 것이 송학이라 불리는 새로운 유학이며 송학은 그것을 집대성한 인물이 주자라는 점에서 주자학이라고도 불렸다.

유학을 일신한 주자학

주자학은 훈고의 학으로 전락한 유학을 새롭게 하여 존재론에서 실천 윤리를 망라한 포괄적인 윤리 체계를 세웠다. 이는 중국 사상사에서 획기적인 업적일 뿐만 아니라 그 영향은 조선에서 일본에까지 이르렀다. 오늘날 유학이나 유교라 말할 때 상당 부분은 이 주자학을 가리킨다. 이것만 보더라도 주자학의 영향이 매우 컸다는 것을 알 수 있다.

그렇다면 주자학은 어떠한 사상인가. 알기 쉽게 설명하기란 쉽지 않으나 이것을 풀 수 있는 열쇠는 바로 '리(理)'에 있다. 주자학의 핵심은 어디까지나 실천 윤리인데 그것을 기초로 한 것이 '이기이원론(理氣二元論)'이라 불리는 존재론이다. 주자학에 의하면 이 세상의 만물은 모두 '기(氣)'로 성립되어 있다. 이 '기'는 항상 운동하며 머무르는 경우가 없다. 운동량이 큰 것을 '양(陽)', 운동량이 작은 것을 '음(陰)'이라 한다. 음양의 두 기운이 응집하여 목화토금수의 '오행'이 되며 '오행'의 여러 가지 조합으로 만물이 생겨난다.

이렇듯 만물의 존재는 모두 '기'로 설명할 수 있으며 만물의 존재는 그저 존재하는 것이 아니라 있어야 하기 때문에 존재한다고 강조한다. 또한 사물이 존재하게 하기 위해서는 근본적인 원리가 필요하다. 그 원리로 나온 것이 '리'며 주자학에서 말하는 '리'는 만물을 존재하게 하는 근본 원리다.

이러한 '이기이원론'으로 성립된 존재론에서 '성즉리(性卽理)'라 불리는 실천 윤리가 도출된다. 주자학에 의하면 인간의 마음은 '성(性)'과 '정(情)' 두 가지로 성립되어 있다. '성'은 쉽게 말해 마음의 본질이다. 이것이 움직이면 '정'이 된다. 그리고 '정'의 움직임이 더욱 심해지면 그 균형이 무너져 '욕(欲)'이 된다고 한다. 쉽게 말하면 '성'은 물이 맑은 상태이고 '정'은 물이 흘러가는 상태이며 '욕'은 물이 범람하는 상태이다.

'욕'에까지 이르면 그것은 악이 된다. 그렇게 되지 않기 위해서는 항상 '정'의 움직임을 제어하여 '성'에 머무를 수 있는 노력이 필요하다고 한다. 이것이 주자학이 요구하는 윤리적인 과제다. 즉, 주자학은 '성'에 대해서만 '리'를 인정하는 견해를 취한다. 이것이 '성즉리'인데 이후 양명학이 주자학에 반기를 든 것은 이 점 때문이다.

양명학은 '심즉리'를 제창하여 '성'뿐만 아니라 '정'도 '리'에 포함시키고자 했다. 바로 이것이 양자의 중요한 분기점이 된다. '성'만 '리'라고 인정하는 주자학에서는 당연히 본래의 '성'으로 돌아가기 위해 '수기'가 필요하다고 봤다. 그리고 그 구체적인 방법이 '거경궁리(居敬窮理)'라 했다. 주자학에서 말하는 '리'는 본디부터 인간 속에 있는 '리'인 동시에 인간 밖에 있는 천지 만물의 '리'이기도 했다. 그 '리'들을 탐구하는 것이 '궁리'이다.

주자학은 『대학』의 '격물치지(格物致知)'라는 말을 '사물의 이치를 구명하여 자신의 지식을 확고하게 한다'라고 해석한다. 사물의 '리'를 모두 탐구한다는 의미인데 만물에 '리'를 인정하는 주자학의 처지에서는 당연한 일이다. 그리고 만물의 리를 탐구한 결과로 궁극적인 지식을 얻을 수 있으며 '리' 그 자체와 같은 인간이 될 수 있다. 이것이 주자학에서 말하는 '수기'의 목표이다.

또한 '궁리'에 대한 가장 중요한 마음가짐은 '거경'이라고 한다. '거경'은 '리'에 대해 경외감을 가지고 마음을 집중하고 전념하는 상태를 유지하는 것을 뜻한다. 단순히 마음이 그러한 것뿐만 아니라 그러한 기분이 용모나 태도에서까지 나와야 한다고 말한다.

주자학의 동맥 경화

주자가 지사 자격으로 지방에 부임했을 때 '백록동서원(白鹿洞書院)'이라 불리는 유서 깊은 사숙이 황폐해져 있는 것을 봤다. 그는 이것을 부활시키고자 학문을 장려하고 직접 사원의 학칙을 만들어 거기에 다음과 같은 말을 덧붙였다.

"옛 성현들이 사람을 가르치고 학문을 하는 뜻은 배우는 사람들로 하여금 의리(義理)를 강명(講明)하고 수신(修身)한 뒤에 다른 사람들에게까지 미치게 하지 않음이 없다."

이것만 보더라도 주자가 주장한 학문의 목표가 '수기치인'에 있었다는 것은 명확하다. 또한 주자학은 그 목표대로 '훈고의 학문'으로 전락한 유학에 새로운 바람을 불러일으키며 그것을 활성화하는 데 성공했다. 그 후 주자학은 공전의 유행을 보였다. 하지만 결국에는 경직되고 사상으로서의 활력을 잃게 된다.

회사의 수명은 30년이라고들 한다. 그렇다면 사상의 수명은 길어야 백 년이 아닐까. 주자학 또한 시간과 함께 운명을 같이 했다. 왜 주자학이 사상으로서 활력을 잃은 것일까. 그 원인은 다름 아닌 주자학 자체에 있었으며 그것이 양명학의 출현을 촉진했다.

이미 본 것과 같이 주자학은 '리'에 절대 가치를 둔다. 또한 주자에 의하면 이 '리'는 인, 의, 예, 지, 신이라는 인륜의 규범과도 같은 것이다. 여기에서 강렬한 규범이 생겨난다. 즉, 인간은 '리' 앞에 복종해야 하며 주어진 규범에 자신을 동화시켜 모든 일을 생각하는 경향이 강하다.

쉽게 예를 들면 '거경'이 그렇다. 내가 아직 신출내기 작가였을 때의 일이다. 배를 깔고 엎드려 일을 하다 가끔씩 놀러 온 선배에게 혼쭐이 나곤 했다. 그런 단정치 못한 자세로는 제대로 된 글을 쓸 수 없다는 것이다. 단정치 못한 자세로는 단정한 정신을 가질 수 없다. 선배의 질책도 이유가 있었다. 바로 이것이 '거경'의 효용이라 할 수 있다.

그러나 이 점이 강조되어 극단에 이르면 오히려 정신의 유연성이 없어지고 자유로운 인간이 될 수 없다. 주자학의 오류는 이러한 경향 때문이었다.

주자학을 '도학(道學)'이라고도 한다. '도학자'라 하면 대부분 주자학의 신봉자라는 의미이며 그들의 공통적인 경향을 두 가지 정도 들 수 있다.

다소 희화화하여 말하면 우선 위엄있는 태도에 딱딱하고 의례적인 얼굴을 하고 책을 보고 있는 모습이다. 또 하나는 융통성이 없는 굳은 사람과도 같은 모습이다.

이런 이야기가 있다. 송 왕조가 몽골의 공격을 받아 멸망을 눈앞에 두고 있을 때 열렬한 주자학 신봉자인 재상 육수부(陸秀夫)는 8세의 유천자(幼天子)에게 『대학』을 강의하면서 천하에 태평을 주는 것은 수신이라며 질타 격려했다 한다.

물론 모든 '도학자'들이 이렇다는 것은 아니지만 주자학에는 이런 행동 양식이 내포되어 있었다.

'마음'은 '이치'보다 우위에 있다

주자학은 '리'에 대한 절대적인 권위를 인정하고 그것을 향한 수순을 요구하여 도덕적인 엄숙주의(rigorism)와 융통성없는 우를 범하는 결과를 낳았다. '리'의 권위 이전에 자유로운 인간성이 질식된 것이다. 또한 원대에 국교화되면서 타율적인 권위 획득과 함께 사상으로서 활력을 잃고 급속도로 경직되어 갔다. 이렇게 경직된 주자학의 한계를 넘어 유학에 새로운 생명을 불어넣은 것이 양명학이다. 양명학은 '리'의 권위를 일체 부정하고 마음의 우위를 전면적으로 내세웠는데 그것이 유명한 '심즉리'의 명제다.

양명학도 '수기치인'의 학문인 것은 마찬가지다. 그러나 '수기'의 방법에 주자학과는 결정적인 차이가 있다. 양명학의 창시자 왕양명이 태어났을 때 주자학은 이미 국교화되어 절대적인 권위를 획득하고 사회 속에 널리 퍼져 있었다.

당연히 왕양명도 처음에는 주자학을 믿었다. 그러나 그는 주자학에 의문을 제기하고 긴 번민 끝에 깨달음을 얻어 '심즉리' 라는 명제에 도달했다.

왕양명이 주자학에 이의를 품은 것은 '격물치지' 라는 말의 해석 때문이었다. 앞서 서술한 것처럼 주자학에서는 '격물치지' 를 '사물의 이치를 구명하여 자기의 지식을 확고하게 한다' 라고 해석했다. 그래서 모든 사물에 '리' 를 인정하고 그 '리' 를 하나하나 탐구해 나가는 것을 '격물치지' 라 했다. 왕양명은 바로 이 점에 의문을 품었다. 그것은 불가능한 일이라고 생각한 것이다.

왕양명은 '격물' 을 '마음을 바로 잡는다' 로, '치지' 를 '지를 완성한다' 라는 뜻으로 해석했다. 즉, 인간이라면 누구나 가지고 있는 마음의 좋은 뜻을 발현하는 것이라는 의미다. 그는 다음과 같이 말했다.

"…격물치지란 우리 마음의 좋은 뜻으로 모든 사물을 이룬다는 뜻이다. 우리 마음의 좋은 뜻으로 이루면 만사, 만물 모든 것들이 이치를 얻을 수 있다. 우리 마음의 좋은 뜻을 이루는 것이 치지이며 만사, 만물이 그 이치를 얻는 것이 격물이다."

마음, 즉 좋은 뜻을 만물의 주재자로 인식한 것이다. 그는 이렇게 말했다.

"마음은 이치다. 천하에 마음 밖의 이치가 있고 마음 밖의 일이 있겠는가."

心卽理 天下 心外無理 心外無事

또 다르게 표현하기도 했다.

"마음은 그 형태는 없으나 영묘하게 움직이고 있다. 그 안에 모든 이치가 들어 있으며 모든 것이 거기로부터 나온다. 마음 밖의 이치는 없으며 마음 밖의 일이란 없다."

양명학은 이러한 '리'의 속박으로부터 마음을 열고 정신 약동의 길을 열었다. 사람을 살아가게 하는 약동하는 정신이야말로 양명학의 커다란 특징이라 할 수 있다.

'지(知)'와 '행(行)'은 하나다

양명학의 특색은 무엇보다 아는 것과 행하는 것은 본래 하나라는 '지행합일(知行合一)'의 명제라 할 수 있다. 양명학을 모르는 사람이라도 이 말 정도는 잘 알고 있을 것이다. 주변에 있는 작은 사전을 찾아보아도 '지행합일설'을 아는 것과 하는 것은 표리일체하다는, 중국 명 나라의 왕양명이 제창한 설이라고 설명하고 있을 정도다.

원래 어떠한 사상이든 실천으로의 욕구가 없는 것은 없으며 그것이 없으면 사상이 아닌 그저 이야기에 지나지 않는다. 그러나 양명학만큼 똑같은 정도의 실천이라고 이해되는 사상은 찾아볼 수 없다.

그렇다면 양명학에서 말하는 '지행합일'이란 어떠한 것일까. 왕양명은 '지행합일'에 대해 다음과 같이 말했다.

"지는 행을 시작하게 하고 행은 지를 완성시킨다. 성학(聖學)은 그저 공부일 뿐이다. 지행은 서로 나누어 할 수 없는 일이다."

지는 행을 예정하고 행은 지를 전제로 성립된다. 그리고 지의 실현이 바로 행이다. 이 때문에 지와 행은 일체라는 뜻이다.

주자학과 양명학의 분기점은 『대학』에 나오는 '격물치지'의 해석 차에서 시작되었다. 주자학에서는 만물 각자에 '리'가 있다는 것을 인정하고 각자의 '리'를 탐구하는 것을 '격물치지'라 했다.

이에 반해 양명학은 인간 속에 있는 '양지'를 발현하는 것이 '치(양)지'이며 그것을 만물에 미치게 하는 것을 '격물'이라 했다. 즉, 주자학에서는 지를 목적화한 반면 양명학에서는 출발점에서부터 지는 행이라는 전제를 세운 것이다. 처음에는 제자들도 이 '지행합일'의 가르침이 잘 이해되지 않았다고 한다. 왕양명은 제자들의 의문에 다음과 같이 답했다.

"무릇 지라고 하는 것은 반드시 행하는 것으로 연결되어야 한다. 알고 있으면서도 행하지 않는 것은 아직 알지 못하는 것과 같다. 『대학』에서도 진짜 지행이란 '아름다운 색을 좋아하고 악취를 싫어하는 것과 같다'라고 했다. 아름다운 색을 보는 것은 지에 속하고 그것을 좋아하는 것은 행에 속한다. 그러나 아름다운 색을 보는 순간 그것을 좋아하게 되기 때문에 본 후에 별다른 생각을 하고 그것을 좋아하는 것은 아니다. 또한 악취를 맡는 것은 지에 속하며 그것을 싫어하는 것은 행에 속한다. 그러나 악취를 맡는 순간 곧바로 그것을 싫어하게 되기 때문에 맡은 후에 별다른 생각을 하고서 그것을 좋아하는 것은 아니다. 효나 공경심을 아는 것도 마찬가지다. 이미 그것을 실행하고 있어야만 비로소 그것을 알게 된다고 한다. 그것에 대해 그저 말만 하는 것은 아는 것이라고 할 수 없다. 마찬가지로 아픔을 아는 것도 스스로 체험한 후에 비로소 알게 되는 것이다. 또한 추위를 아는 것도 굶주림을 아는 것도 스스로 그것을 체험한 후에 알게 된 것이다. 그러니 어떻게 지와 행을 나눌 수 있겠는가. 이것이 지와 행을 나눌 수 없는 이유다."

아는 것은 쉬우나 행하는 것은 어렵다고 한다. 양명학에서 무언가를 배우고자 한다면 우리는 무엇보다 지행합일을 배워야 할 것이다.

일상에서 자신을 단련하라

'수기'의 방법에 대해서도 양명학은 주자학에 비해 훨씬 실천

지향적이다.

이미 서술한 바와 같이 주자학은 만물의 '리'를 탐구하는 것이 '수기'의 목적이며 그 방법으로 '거경궁리'를 주장했다. 이에 반해 양명학에서는 자신 속에 있는 양지를 발현하는 것이 '수기'의 목표라고 말하며 그 방법으로 ① 성찰극치(省察克治) ② 사상마련(事上磨鍊) 두 가지를 중시했다.

우선 '성찰극치'부터 살펴보자. 왕양명에 의하면 인간은 누구에게나 '양지'라는 '천리(天理 : 훌륭한 소질)'가 있는데 여러 가지 '인욕(人慾)' 때문에 그 움직임이 방해받고 있는 것이라고 한다. 그렇기 때문에 '양지'를 발현시키기 위해서는 머리 속을 가득 메운 '인욕'을 하나씩 점검하고 제거해 나갈 필요가 있으며 그러한 노력이 '성찰극치'이다. 직접 왕양명의 말에 귀를 기울여 보자.

"최근 내가 주장하는 '격물의 학'을 배운 사람들 가운데도 귀로 듣고 입으로 흘려 버리는 천박한 지식에 머무르고 있는 사람이 많다. 하물며 처음부터 천박한 지식에 만족하는 사람이 어떻게 나의 본의를 이해할 수 있겠는가. 천리, 인욕에 관한 미묘한 문제는 부단히 노력하여 탐구한 후에야 조금씩 알게 되는 것이다. 지금 이렇게 입으로 천리를 논해도 인욕이 순식간에 머리 속을 흔들지 모른다. 이렇듯 방심하는 사이에 생겨나는 인욕은 노력으로 통제하기가 어렵다. 더구나 입으로만 논해서는 모든 것을 파악하는 것이 불가능하다. 어떠한 천리를 논해도 실천을 게을리 하고 인욕을 논해도 제거하기 위한 노력이 없다면 어찌 '격물치지'를 배울 수 있겠는가."

왕양명에 의하면 인간의 마음에는 '천리'와 '인욕'이 섞여 있다. 이 때문에 '천리'를 발현하기 위해서는 '인욕'과 싸워 이겨서 그것을 제거하지 않으면 안 된다. 이것이 양명학이 말하는 '성찰극치'이다.

또 한 가지 '사상마련'은 양명학의 실천 중시 특징을 더욱 확실하게 보여준다. 주자학에서 말하는 '거경궁리'의 대상은 고전 학습, 즉 성인이 남긴 책을 가까이 대한다는 의미다. 물론 양명학에서도 고전 학습의 필요성을 부정하지는 않는다. 그러나 그것과 동시에 일상이나 일 속에서 자신을 단련시켜야 한다고 말한다. 이것이 사상마련이다.

어느 날 제자 하나가 물었다.

"아무 일도 없을 때의 마음은 깨끗하나 무언가 일이 생기면 그렇지 못합니다. 왜 그렇습니까?"

왕양명이 대답했다.

"그것은 아무 일도 없는 조용한 환경에서만 주의를 하고 극기의 수행을 게을리 했기 때문이네. 그래서는 다른 일들에 대처하려고 할 때 순식간에 마음이 동요하게 되지. 인간은 일상에서 자신을 갈고닦아야만 한다네. 그렇게 하면 확실하게 자신을 확립하고 조용할 때나 시끄러울 때, 또 어떠한 사태가 벌어져도 냉정하게 대처할 수 있게 되지."

독서를 할 때도 그저 읽어보기만 하는 것은 의미가 없다. 항상 그 책에서 무언가를 얻고자 하는 의욕과 왕성한 문제 의식을 가지고 대해야 한다. 그렇게 하면 반드시 무언가를 얻을 수 있다.

어느 날 말석의 제자가 훌륭한 가르침을 듣고서도 직무가 바빠 그 가르침을 실행할 여유가 없다고 말한 것을 듣고 왕양명이 말했다.

"나는 자네에게 일상에서 동떨어진 추상적인 학문을 하라고 가르친 적이 없네. 자네에게는 관청의 업무가 있으니 그 업무에 적합한 학문을 하면 되는 것이네. 그것이야말로 참된 격물이라 할 수 있지. 장부 정리나 재판 심리도 모두 실학이야. 그 업무를 떠나서 하는 학문은 전혀 쓸모없는 학문일 뿐이라네."

말단의 제자를 위로하기 위해 일부러 한 말일까. 그럴 리가 없다. 이 말이야말로 양명학의 특색인 사상마련의 정신이라고 할 수 있다.

'만물일체의 인(仁)'

마지막으로 양명학을 양명학이게 하는 또 하나의 특징을 살펴보자. 그것은 다름 아닌 '만물일체의 인'이라는 말이다.

왕양명에 의하면 인간 속에 있는 양지는 원래 천하 만물을 일체의 것으로 하는 인의 마음이라 한다. 그러므로 양지는 한 사람만의 수신을 담당하는 것이 아니다. 천하 만민의 곤고함을 보면 즉시 그것을 해결하고자 하는 마음이 생긴다. 친구들에게 보낸 서간에 왕양명은 다음과 같이 자신의 심정을 고백했다.

"나는 하늘의 도움으로 뜻밖에 양지의 학문을 알고 이를 바탕으로 천하의 태평을 초래할 수 있다고 확신하기에 이르렀네. 그래서 세상 사람들이 어려움을 당하는 것을 보면 깊은 슬픔에 잠기며 내 몸이 불초한 것도 잊고 그들을 구제하고 싶어진다네. 사람은 누구든 육친이 깊은 못에 빠져 허우적대는 것을 보면 큰 소리를 지르면서 맨발로 뛰어가게 되고 쓰러질 듯 낭떠러지를 내려가 살리려고 하지. 혹 그 옆에서 여유있게 쉬며 담소를 짓고 있는 사람이 있다면 그렇게 예의없이 뛰어다니는 것을 보고 미친 사람이라 생각할지도 모르지. 그러나 물에 빠져 가는 사람 옆에 있으면서 여유있게 쉬며 담소를 짓기만 하고 도와주려 하지 않는 것은 골육의 정으로 맺어진 사람이 아니기 때문이 아닌가 하네."

이처럼 양명학은 양지를 필연적인 사회적 실천이라 생각한다. 이 길을 가는 사람을 기다리고 있는 것은 체제의 두꺼운 벽이다. 양명학은 뜨거운 열정으로 그 벽마저도 뛰어넘고자 했다. 왕양명은 만년에 신뢰하던 제자들에게 자신의 감개를 표했다.

"남경에 이르기까지 나에게는 다소 도덕가인 체하는 면이 있었네. 그러나 양지를 믿은 후부터는 시비의 기준을 따라 그대로 실행하고 조금도 숨기려 하지 않게 되었네. 즉, 최근 나는 드디어 굳이 멀리까지 갈 위험이 없는 광자와 같은 심경이 되었다네. 그래서 세상 사람들은 나를 언행불일치라 비난하기도 하지만 말하고 싶은 것은 말해야 하지 않겠나."

양지를 실행하기 위해 일부러 광자가 되는 것도 불사하는 이
러한 열기야말로 양명학의 핵심이다. 그리고 그것이 세상의 '성
인 군자'에게 이단의 학문으로 비쳐져 위험해 보이는 이유이기
도 했다.

정치가로서든 경영자로서든 한 시대를 풍미한 사람들의 온몸은 패기로 가득 차 있다. 인간적 박력이라 할 수 있는데, 태도나 말 속에 들어 있는 기세로 상대를 위압한다. 조조 역시 이런 유형의 사람이었다.

상대를 위압하는
패기를 갖춰라 — 위의 조조

『삼국지』1

정치 부패에 항거한 정의파 관료

소설 『삼국지』는 유비, 공명을 이상적인 인물로 두고 조조를 악역으로 묘사하고 있는데 순수한 마음으로 읽는다면 누구라도 유비나 공명을 좋아하고 조조를 싫어하게 되어 있다.

그러나 실제 인물들은 좋은 역, 나쁜 역을 가릴 수 있을 만큼 단순하지 않다. 조조 또한 그러하다. 그는 인물, 역량, 식견 모든 면에서 『삼국지』의 걸물이며 그 주변의 악당들과는 차원이 다르다.

조조는 당시 '치세의 능신(能臣), 난세의 간웅'이라 불렸다. 즉, 화전양용(和戰兩用)이라고나 할까, 공격에도 방어에도 강한 전천후형의 인물로 알려져 있다. 후에 그는 단신으로 난세를 헤쳐 나가며 눈에 띄게 두각을 나타냈다. 그의 긴 정치 인생은 '치세의 능신'으로 시작되었다고 해도 좋다.

젊은 시절 조조는 낙양(洛陽) 북부의 경찰서장과 같은 자리에 추천되어 올랐다. 이것이 그의 정치 인생의 시작이었는데 그는 법을 매우 엄격하게 집행하여 악인들을 떨쳐내는 등 매우 엄하게 다스렸다고 한다. 즉, 전형적인 정의파 관료의 모습이었다.

그러나 당시 후한 왕조는 파벌 항쟁으로 부패가 극에 달한 상태였다. 말단 관료가 아무리 노력한다고 해도 어쩔 도리가 없는 상황이었으며 상서를 올려 정치의 발본 개혁을 진언해도 전혀 귀담아 들어주지 않았다. 이후 조조는 지방 장관으로 임명되었는데 그것을 고사하고 계속 향리로 있기도 했다.

어느 날 조조가 전군교위(典軍校尉 : 근위군 사령)로 도의 부름을 받았다. 이 인사 역시 그의 유능함을 인정받았기 때문이었다. 그러나 도에서의 생활은 그리 길지 않았다. 1년 뒤 동탁(董卓)이라는 장군이 인솔하는 지방의 군단이 낙양 도를 제압했기 때문이었다.

결국 후한 왕조는 동탁으로 말미암아 왕조로서의 통제력을 잃게 되었다. 그리고 이 일을 계기로 난세의 양상은 더욱 짙어지고 '군웅할거(群雄割據)' 국면으로 돌입했다. 이때 조조는 도를 탈출하여 지방으로 갔다. 기성 조직(조정)을 포기하고 떨어져 나간 것이었다. 지방에 도착한 그는 5천의 군세를 모아 세력을 구축했으며 이것이 그의 두 번째 출발이었다.

5천 군사라고는 하나 거의 오합지졸에 불과하여 다른 군웅과 비교할 때 조조는 거의 단신으로 출발한 것이나 다름없었다. 그러나 조조는 그 뒤 10년 만에 군웅들을 제압하여 북중국 일대를 장악하는 데 성공하였다. 그의 급격한 대두는 '난세의 간웅' 이라는 이름에 걸맞는 것이었다. 그렇다면 그것을 가능하게 한 조건은 무엇이었을까. 걸물을 걸물답게 만드는 이유는 어디에 있는 것일까.

박력있는 풍모가 보인 적극 파단

정치가로서든 경영자로서든 한 시대를 풍미한 사람들의 온몸은 패기로 가득 차 있다. 인간적 박력이라 할 수 있는데, 태도나 말 속에 들어 있는 기세로 상대를 위압한다. 조조 역시 이런 유형의 사람이었다. 이런 이야기가 있다.

조조는 후에 위 왕이 되었을 때 흉노가 보낸 사자를 만나게 된다. 그는 원래 키가 작고 자신의 용모에 자신이 없었다고 한다. 그래서 신하 중에 용모가 뛰어난 자를 대역으로 세우고 자신은 호위병인 것처럼 칼을 들고 왕좌 뒤에 서 있었다.

접견이 끝나고 사자가 돌아간 뒤 조조는 일부러 사람을 시켜 사자에게 질문을 하게 했다.

"위 왕의 인상은 어땠습니까?"

사자는 대답했다.

"역시 멋진 인물이었습니다. 그러나 위 왕보다도 칼을 들고 뒤에 서 있던 사람이 정말 영웅처럼 보였습니다."

여기서 알 수 있는 것처럼 조조라는 인물은 한 번만 봐도 평범한 사람이 아니라는 인상을 줄 정도로 인간적인 박력을 가진 사람이었다.

이것은 하루아침에 형성되는 것이 아니다. 타고난 강렬한 성격이 뒷받침되어야 하며 또한 모든 사물에 대해 위압적인 기운이 샘솟는 듯한 기백이 쌓여야만 비로소 배어 나올 수 있는 것이다.

앞서 서술한 바와 같이 동탁이 도를 제압했을 때 그는 도를 탈출하여 간신히 수기를 쫓아 동쪽으로 향했다. 도중에 지인의 집에 머물렀을 때의 일이다. 그는 따뜻한 대접을 받았으나 부엌에서 나는 소리를 듣고 틀림없이 자신을 죽이려 한다 생각하고 일가를 죽였다. 조조도 쫓기는 신세다 보니 당연히 신경이 날카로워지기도 했겠으나 그 후 그가 한 말은 역시 그다운 면모를 보여준다.

"사람을 해치우는 것도 다른 사람에게 하게 해야 하나?"

앞을 막는 방해자는 가차없이 해치운다는 생각이 그가 가진 면모였다. 그리고 이것이 그의 삶 속에 비길 데 없는 박력이 생겨나게 하는 이유였다.

이윽고 그는 5천 병력을 모아 동탁 토벌 연합군에 참가한다. 연합군은 각지에 할거해 있던 군웅들로 구성되었고 병력은 도합 10만을 넘어섰다. 동탁의 세력에 대한 두려움 때문에 누구 한 사람도 선두에 나서 군을 진격시키려 들지 않았다. 그들은 모두 자신의 지반이 약했던 것이다. 어설프게 싸워서 지면 아무것도 되지 않는다는 것을 잘 알고 있었다고 할 수 있다.

그 점에서 조조는 달랐다. 단신으로 시작한 그에게는 잃을 것이 아무것도 없었다. 그러므로 그저 진격할 뿐이다. 그는 '이 기회를 놓치면 안 된다'라고 말하며 단독으로 군을 지휘했다. 그것까지는 좋았으나 다세는 무세라고 했던가, 애석하게도 패하고 말았다. 그러나 거기에서 꺾일 조조가 아니었다. 돌아온 그는 다시 온갖 수를 서서 3천의 병력을 모았고 그것을 기반으로 끊임없이 길을 모색해 나갔다.

좋은 기회라고 생각하면 서슴없이 진격하는 적극 과단의 성격 역시 조조의 유력한 무기 가운데 하나였다. 그리고 그로부터 독특한 박력이 생겨났다.

군웅의 '선견지명'

조조는 '그까짓 것' 하는 기백을 보이며 난세를 헤쳐 나갔다. 그러나 그것만으로는 혼전을 이겨낼 수 없었다. 그에게는 기백과 더불어 다른 군웅들보다 한 걸음 앞서 읽어내는 선견지명이 있었다. 즉, 다른 군웅들보다 사물과 사태를 더 깊이 읽어낼 줄 안 것이다.

예를 들어 이러한 이야기가 있다.

군사를 모은 6년 뒤 조조는 황제 헌제(獻帝)를 자신의 본거지로 맞았다. 당시 그는 황하의 남쪽 부근에 자신의 영토를 확보한 군웅의 한 사람으로 유명했다. 한편 헌제는 이름만 황제였을 뿐도의 낙양을 잃고 부초 같은 생활을 하고 있었다. 조정의 고관들은 제대로 먹지도 못하고 잡초나 뜯어먹으며 연명했다고 한다. 각지의 군웅들은 자신들의 '가정 사정'에만 매달려 조정의 궁상에 대해서는 관심을 가지려 들지 않았다. 조조는 이런 상태의 헌제에게 눈을 돌렸다.

'위 나라가 쇠망했다고는 하나 황제는 황제다. 자신의 편을 만들어두면 군을 움직일 때나 지방에 호령할 때도 황제의 이름으로 할 수 있다. 아직 황제의 이름은 군웅들보다 큰 속박력을 가지고 있다. 그러므로 황제를 내 편으로 만들어두는 것은 정치적으로 효과가 클 것이다' 라는 생각에서였다.

이로써 조조는 정치적 위치를 강화시키는 데 성공했다.

또 한 예를 들어보자.

전란이 지속되던 당시에는 아무래도 식량이 부족할 수밖에 없다. 아무리 병력을 확보해도 그들을 먹일 식량이 없어 울며 겨자 먹기로 해체하는 일도 있었다고 한다. 조조도 예외는 아니었다. 다른 군웅들과 격심한 공방전을 지속하던 가운데 식량이 모자라 부족을 파견하여 조달했는데 끌어 모은 식량 중에는 인육까지 들어 있었다고 한다.

식량이 없으면 군을 유지시킬 수 없다. 그러면 난세에서 살아남을 수도 없다.

이 문제에서도 조조는 밭을 일구어 식량을 확보하는 선견지명을 발휘한다. 다른 군웅들이 눈앞의 대응에만 급급할 때 그는 바로 앞을 뛰어넘어 보는 눈을 지녔던 것이다. 이 역시 조조 진영의 강화와 안정에 큰 도움이 되었다.

북방의 원희(袁熙), 원상(袁尙) 형제를 토벌할 때의 일이다.

형제는 당해낼 수 없다고 보고 요동(遼東)의 공손강(公孫康)에 의지하여 멀리 달아났다.

이때 조조의 참모들은 곧바로 군을 요동으로 진격시켜 공손강을 토벌하고 원 형제까지 한꺼번에 숨을 끊어놓자고 진언했다. 그러나 조조는 다음과 같이 말하며 그대로 돌아왔다.

"아니다. 나는 지금 공손강에게 원상과 원희의 머리를 베어 보내도록 할 것이다. 다시 번거롭게 군사를 움직이지 말라."

생각했던 대로 곧 공손강에게서 원 형제의 머리가 보내져 왔다고 한다. 참모들은 어떻게 된 일인지 알 수 없었다. 그래서 그 이유를 물었더니 조조는 대답했다.

"원래 공손강은 원 형제의 세력을 두려워했다. 만약 내가 군을 동원하여 성급하게 공격했더라면 그들은 힘을 모아 저항했을 것이다. 그러나 그냥 놓아두면 서로 해하게 되어 있다. 이는 자연스러운 일이다."

이런 정확한 판단은 대상과 상황을 깊게 볼 줄 알아야만 가능하다. 깊은 통찰력 역시 조조의 무기였다고 할 수 있다.

'공격' 과 '후퇴' 의 유연한 대응

앞서 조조를 '전천후형' 인간이라 했다. 확실히 조조는 좋은 기회가 보이면 주저 않고 나아갔으며 승산이 없어 보이면 곧바로 바삐 군사를 되돌렸다. 그는 질질 끄는 싸움은 하지 않았다. 그래서 정황이 불리하다고 보이면 후퇴를 결단하는 것도 서슴지 않았다.

그는 젊은 시절부터 『손자』의 병법을 연구했다고 전해진다. 『손자』의 기본 원칙은 한마디로 '승산이 없으면 싸우지 않는다' 이다. 승산이 없을 때는 우선 후퇴하여 전력을 키운 뒤 그 다음 기회를 기다린다는 것이다. 승산이 없는데도 무모하게 공격해서는 안 된다. 후퇴하여 전력을 키워두면 이길 수 있는 기회는 또 얼마든지 올 수 있다고 생각했다. 조조 역시 이 기본 원칙에 충실했다. 이런 이야기가 있다.

촉(蜀)의 유비와 한중 지방 쟁탈전을 벌이고 있을 때의 일이다. 유비는 싸움을 잘하지 못했는데 이때만은 천연의 요새에 포진하고 요격하여 전쟁을 유리하게 이끌었다. 이 때문에 조조도 곤경에 빠질 수밖에 없었다.

그러나 조조는 결단도 빨랐다. 그는 어느 날 참모진을 모아 한마디로 '계륵이다' 라고 말했다 한다. '계륵' 은 닭의 갈비를 말

하는데 참모들은 조조가 하는 말을 이해할 수 없었다. 그 가운데
단 한 명만이 그 말을 알아듣고 곧바로 후퇴를 준비했다고 한다.
다른 참모가 놀라서 물었다.

"어찌 후퇴의 의미인 줄 알았는가?"

그가 대답했다.

"계륵은 버리기에는 아깝지만 먹으려 해도 고기가 거의 없는
부분이지. 한중이라는 토지는 그런 계륵과도 같아. 이는 후퇴해
야 한다는 의미지 않겠는가?"

이렇게 조조는 한중에서 물러났다. 이때 그는 유비에게 패한
것보다 군사들을 모두 귀환시킬 수 있었다는 것에 더 큰 기쁨을
느꼈다고 전해진다. 인생에서도 경영에서도 오로지 나아가는 공
격만 하는 것은 오히려 쉬운 일일지 모른다. 나아가는 것보다 어
려운 것이 후퇴의 결단이다. 후퇴하는 시기를 잘못 판단하여 오
류를 범하거나 자멸하는 경우도 적지 않다. 하지만 조조는 그러
한 어리석은 전쟁은 하지 않았다. 공격할 때는 공격하고 물러설
때는 물러설 줄 알았다. 이러한 유연한 대응 역시 그가 살아남을
수 있었던 이유라 할 수 있다.

그러나 조조도 항상 이기기만 하는 장군은 아니었다. 일생에
몇 번은 분패를 당한 적도 있었다. 유명한 '적벽 대전'에서 조조

는 오 나라의 주유(周瑜)가 이끄는 수군에 대패했다. 이로 말미 암아 천하를 통일하고자 하던 그의 야망이 좌절되었기 때문에 그로서는 큰 의미가 있는 패전이었다.

그러나 패했을 때도 그 사후 처리에서는 역시 조조다운 면모를 보였다.

먼저 후퇴하는 걸음을 재촉했다. 그렇게 재빨리 본거지로 도망하여 다음 대응책을 궁리했다. 또한 그는 같은 패배를 두 번 당하지 않았는데 이는 패전의 체험을 통해 깊이 연구한 결과라 할 수 있다.

'승전은 병가지상사'라고 한다. 한 번 졌다면 문제는 그것을 어떻게 다음번에 적용하는가 하는 것이다. 그 점에서도 조조는 실수가 없었다.

인정 무용, '능력 본위'의 인재판

정직은 미덕이지만 정직하기만 한 지도자는 훌륭하다고 할 수 없다. 다른 사람 위에 서는 자는 전쟁이나 정치, 혹은 장사에서는 흥정술이 있어야 한다. 이것이 없으면 자신의 몸은 물론 조직까지 멸망할 수 있기 때문이다. 조조는 그러한 흥정술도 확실히 몸에 익혔다. 그러나 그가 사용한 흥정술은 세상의 상식을 뛰어넘는 것이었다.

그가 승상(丞相), 위 왕으로서 전권을 잡고 있던 시절의 일이다. 조정의 고관 가운데는 그에게 불만이 있는 사람이 많았는데 어느 날 밤 그들은 승상 관저에 불을 지르고 반란군을 일으켰다. 그러나 반란은 허망하게 진압되고 관계자는 죽임을 당했다. 하지만 일은 거기에서 끝나지 않았다. 조정의 고관들은 한 사람도 빠짐없이 조조 앞에 끌려와 명을 받았다. 조조는 그들에게 명령했다.

"사건이 일어난 밤 불을 끄려 했던 자들은 왼쪽에 서고 그렇지 않은 자는 오른쪽에 서시오."

고관들은 불을 끄려 했던 사람은 무죄일 것이라 믿고 모두 왼쪽에 섰다. 그러자 조조는 '불을 끄려 했던 자들이 진짜 적이다'라며 그들을 모두 처형했다고 한다.

분명 조조의 말에도 일리가 있다. 그러나 속임수에 걸려들어 죽임을 당한 고관들은 꽤나 억울했을 것이다. 이러한 인정 무용의 가열 찬 면모는 조조가 부하들을 다룰 때 더욱 잘 나타난다. 조조는 흥정술과 더불어 전형적인 수완가의 모습이라 할 수 있을 만한 발군의 능력을 가지고 있었다. 이런 유형의 사람은 자신의 능력을 너무 과신하고 자만한 나머지 독단적이고 독선적일 경우가 많다.

그 점에서 조조는 달랐다. 인재를 초빙하는 데도 열심이었다. 그러나 그 방식은 철저한 '능력 본위'였으며 신상필벌이었다. 우선 상대방에게 '한 번 해 보이라'고 말한 다음 지켜보았다. 일단 시켜보고 믿을 만하다고 판단되면 경력이 어떻게 되는지 확인한 뒤 발탁하여 등용했으며 반대로 시켜보고 불가능하다고 판단되면 서슴지 않고 내쳤다. 그 결과 무능한 사람은 도태되었고 유능한 인재만이 살아남았다고 한다.

예를 들어 후에 제갈공명과 싸우게 된 사마중달 등도 그러한 엄한 단련을 견뎌내고 성장한 인재 가운데 한 사람이었다.

매정하다든지 인색하다는 비판을 받아도 개의치 않고 엄격하게 조직을 관리하는 일은 중요하다. 그러나 어설프게 흉내만 내어서는 오히려 역효과가 생길 수 있다. 조조의 경우에는 역효과 없이 상승 효과로 나타났는데 조조의 인물됨이 그것을 가능하게 했다고 할 수 있다.

'난세의 간웅'이라는 평은 그만큼 그를 떠받드는 명예로운 훈장이다.

공명이 선택한 전략은 '쉽게 이길 수 없으므로 최악의 상황에서도 지지 않는 전쟁을 하고자 하는 것'이었다. 지지 않는 전쟁을 각오한 이상 아무렇게나 할 수는 없었다. 그래서 싫어도 돌다리를 두드려 보고 건너는 신중한 전쟁을 할 수밖에 없었던 것이다.

이기지 못해도 지지 않는
싸움을 각오하라 — 제갈공명

『삼국지』 2

기모의 군사 이미지는 허구

『삼국지』를 읽지 않은 사람이라도 제갈공명(181~234년)이라는 이름쯤은 들어봤을 것이다. 또한 공명에 관련된 '삼고(三顧)의 예' 라든가 '읍참마속', '죽은 공명이 산 중달을 이겼다' 는 등의 말은 잘 알고 있는 사람이 많을 것이다.

『삼국지』에는 많은 영웅호걸들이 등장하는데 그중에서도 공명은 발군의 인기를 누렸다. 제갈공명은 옛날부터 『삼국지』보다는 중국사에서 더욱 유명하다.

이러한 공명의 인기는 어디에서 온 것일까. 주요 이유로 두 가지 정도를 들 수 있다. 첫째는 뛰어난 군략을 구사하여 적을 물리친다는 기모의 군사라는 이미지다. 둘째는 무능한 유비를 도와 분골쇄신한 모습이다. 이 두 가지 모습으로 '판관 후원' 의 심정이 형성되었고 그 때문에 공명의 인기는 비정상적일 만큼 높아졌다.

그러나 후자는 그렇다 하더라도 전자의 기모의 군사라는 이미지는 허구에 지나지 않는다.

'적벽 대전'으로 달성한 소임

서력 208년 장강(長江) 아래로 내려온 조조의 군단과 이에 맞선 손권 · 유비의 연합군 사이에 삼국 시대 최대의 결전이 펼쳐졌다. 소위 '적벽 대전'이다. 제갈공명이 유비의 군사로서 국제 정치 무대에 등장한 것은 이때가 처음이었는데 그 활약상에 대한 기록은 소설과 실록에 매우 큰 차이가 있다. 우선 그 경과를 간단히 살펴보자.

이때 조조의 목표는 다름 아닌 천하 통일이었다. 이미 북중국을 자신의 지배 하에 둔 그에게 남은 유력한 상대는 형주(荊州 : 장강의 중류 지역)의 유표(劉表)와 강동의 손권뿐이었는데 조조는 그들을 멸하여 천하를 통일하고자 했다.

조조가 남정(南征)의 군을 일으키자마자 형주의 유포가 죽고 그의 아들 유종(劉琮)이 그 뒤를 이었다. 유종은 조조의 세력에 두려움을 느껴 전쟁도 하지 않고 항복하고 만다. 이처럼 형주는 싱겁게 조조의 손에 들어왔다.

이때 유비는 유종을 포섭하고자 최전선의 성을 지키고 있었는데 유종이 항복한 지금 단독으로는 조조의 대군을 대적할 수 없었다. 그래서 어쩔 수 없이 성을 내주고 후퇴했으며 조조는 후퇴하는 유비의 군사를 추격하여 완전히 쫓아냈다.

겨우 탈출한 유비는 남은 군사를 정비하여 하구(夏口, 漢口)에 다다랐으나 완전히 고립무원(孤立無援) 상태였다. 이러한 위기를 살려낸 것이 바로 공명이었다. 그는 자청하여 손권의 사자로 지냈으며 유비와 손을 잡고 조조에 대항하자고 설득하였다.

당시 공명은 유비의 군사에 맞선 지 채 1년도 되지 않은 상태였다. 그의 나이도 28세밖에 되지 않았다. 그러나 유비의 부하 가운데 이러한 중대한 일을 담당할 만한 인재는 공명밖에 없었다. 공명의 설득으로 손권은 항전의 뜻을 다졌다. 오의 장군 주유(周瑜)도 단호하게 주장했다.

그리하여 손권의 명을 받은 주유가 3만 수군을 이끌고 출동하고 유비의 1만 군이 합류하여 적벽에서 조조 군에 대항하여 싸웠다. 결과는 알다시피 연합군의 대승이었으며 2십 수만을 헤아리는 조조의 대군은 대부분 장강의 시신이 되었다.

연합군의 승리였지만 실제로 승리의 주역은 주유의 수군이었다. 유비의 군은 실제로 칼을 든 그림에 불과했다. 후방에 포진하여 조마조마해하며 주유의 전쟁을 관망하고 있었을 뿐이었다.

이때 공명이 주유와 지혜를 겨루기도 하고, 칠성단에 올라 바람을 불게 해달라고 하늘에 기원하기도 하고, 지지자들의 갈채를 받으며 활약을 했다고는 하나 모두 허구에 지나지 않는다. 사실 그는 손권을 설득하여 참전하게 하는 일밖에 하지 않았다. 그 후에는 단지 유비의 부하로서 조용히 전황의 행방을 지켜보았을 뿐이다.

'응변의 장략이 뛰어난가'

유비가 죽은 뒤 유언에 따라 전권을 쥐게 된 공명은 전후 다섯 번에 걸쳐 위령(魏領)을 진공했다. 후반 두 번의 공격에 맞서 싸운 것이 위의 사마중달인데 이 두 사람의 대결이 『삼국지』의 하이라이트라 할 수 있다.

이에 앞서 조조의 뒤를 이은 조비(曹丕)가 한 헌제의 선양(禪讓)받아 위 왕조를 열고 황제 자리에 즉위했다. 그 대항으로 촉의 유비도 황제 자리에 올라 한 왕조를 열었는데 이는 한의 정통을 이어갈 쪽은 서로 우리라고 내외에 선전하기 위해서였다.

그러나 상대인 위는 중국의 중앙을 지배하고 있던 것에 반해 촉은 서쪽 변두리에 위치하고 있었다. 변두리에서는 아무리 소리 높여 정통성을 주장한다 해도 소용없을 것이다.

위가 설령 정통성을 현실화하기에 역부족이라고 해도 중앙에 위치한 이상 어쩔 수 없었다. 이것이 유비의 비원이자 촉의 국시였다.

그러나 유비는 비원을 실현시키기도 전에 병에 걸려 그 달성을 승상인 공명의 손에 넘겨주었다. 이것이 다섯 번의 원정이다.

다섯 번의 원정은 촉의 존립을 건 전쟁이었으며 촉의 총력을 결집한 전쟁이었다. 당연히 총사령관인 공명의 역량과 수완에 모든 것이 걸려 있었다.

그런데 다섯 번의 원정은 소설에서 그려진 것처럼 완연한 승리의 분위기는 아니었으며 대체로 힘겨운 전쟁의 연속이었다고 할 수 있다.

우선 만전을 기하여 공격한 첫 번째 원정은 선발군의 사령관에 기용된 마속의 실수로 후퇴할 수밖에 없었다. 여기에서 읍참마속의 사태까지 생겨났다.

두 번째는 결의를 새로이 하여 산관(散關)을 넘어 진창(陳倉)을 포위했다. 진창은 수비병 약 1천여 명의 소성이었지만 생각보다 쉽게 무너지지 않았기 때문에 공명도 어쩔 수 없이 후퇴하고 말았다.

세 번째 원정은 다음 해 서방으로 출격하여 무도(武都), 음평(陰平) 두 개 도를 노렸다. 처음으로 작전 목적을 달성한 듯 보였으나 이때의 원정은 소규모였으므로 상대에게 아주 작은 상처를 준 정도에 지나지 않았다.

2년 뒤 네 번째 원정에서는 기산(祁山 : 현재의 감숙성(甘肅省))을 공격했다. 이때 상대 대장으로 사마중달이 등장한다. 중달을 상대로 국지적인 승리를 거두기는 했으나 상대의 요새를 돌파하지 못하고 결국 후퇴했다.

3년 뒤 만전의 준비를 하고 다섯 번째 원정을 나갔다. 그러나 공명은 오장원(五丈原)에서 중달과 대진하던 중 과로로 병을 얻어 그대로 진몰한다.

8년 동안 다섯 번에 걸친 원정은 결과적으로 작전 목적을 달성하지 못하고 공명의 진몰로 끝났다. 이를 원정 실패라고 단정지을 수도 있을 것이다.

예를 들어 정사 『삼국지』를 쓴 진수(陳壽)라는 역사가는 다음과 같은 유명한 비판을 남겼다.

"해마다 군사를 움직여 나갔으나 끝내 공을 이루지 못했으니 임기응변의 재주나 장수로서의 지략은 그리 뛰어난 편이 아니었다."

매년 군사를 움직여도 작전 목적을 달성하지 못했으므로 공명이라는 인물은 임기응변의 전략 전술이 그다지 뛰어나지 못했다는 의미다.

최악의 경우에도 지지 않는 싸움

요컨대 진수의 비판은 '조금 다른 방법의 전쟁법은 없었는가'라는 기대가 배어 있는 말이다. 이는 단순한 결과론에 대한 비판이 아니고 공명의 싸움법을 검토한 뒤 나온 것일 것이다. 예를 들어 첫 번째 원정 때는 전군이 양평관(陽平關) 근처에 집결하여 진공 방법을 모색하기 위한 최종적인 작전 회의가 열렸다. 그때

위연(魏延)이라는 맹장이 직선 루트로 장안을 기습하자고 진언
하며 다음과 같이 말했다.

"군사 5천을 빌려주십시오. 반드시 성공하겠습니다."

그러나 공명은 상당한 위험이 뒤따른다며 받아들이지 않았
다.

첫 번째 원정이므로 적도 방심하고 있으니 기습 공격을 하면
성공 확률이 꽤 높았을 것이다. 적지 않게 검토한 작전이었다.
그러나 이러한 작전은 공명의 기호에 맞지 않았던 모양이다. 그
는 어디까지나 돌다리도 두드려 보고 건너는 지휘관이었던 것이
다.

다섯 번째 원정은 공명에게 매우 좋지 못한 조건이었다.

첫째, 국력의 차이다. 당시 촉과 위의 힘은 종합 전력에서 1대
7 정도의 차이가 있었다고 한다. 더불어 촉은 이제 막 성립된 나
라였다. 당연히 나라로서 정비도 덜 되어 있고 인재 층도 두텁지
못했다. 아무리 생각해도 강행은 무리였다.

둘째, 보급의 곤란함이다. 촉에서 위의 영역에까지 치고 나가
려면 유명한 잔도(棧道)를 통과해야만 했다. 잔도를 통해 식량
과 물자를 운반하는 데에는 어려움이 따랐다. 공명이 때때로 후

퇴할 수밖에 없었던 이유는 대부분 식량 보급이 불가능했기 때문이었다. 그 외에 여러 가지 조건을 검토해 보니 이 전쟁은 처음부터 승산이 없는 싸움이었다.

『손자』 병법의 기본적인 전제 가운데 하나가 '승산이 없는 싸움은 하지 말라' 는 것은 이미 말한 바 있다. 가능한 한 공명도 이러한 싸움은 하고 싶지 않았을 것이다. 그러나 선대의 유비는 그래도 하라는 유언을 남겼다.

촉의 2대 최고자인 유선(瑜禪)은 지극히 평범한 사람이었다. 그는 효심이 깊어 부친의 유언에 따라 국정의 실권을 공명에게 위임했다. 그리하여 모든 무거운 책임이 공명의 어깨에 달리게 되었다.

'원정이 실패하면 나라는 곧 멸망한다. 그렇다고 해서 피할 수는 없는 문제다.'

이러한 중압감 속에서 공명이 선택한 전략은 '쉽게 이길 수 없으므로 최악의 상황에서도 지지 않는 전쟁을 하고자 하는 것' 이었다. 지지 않는 전쟁을 각오한 이상 아무렇게나 할 수는 없었다. 그래서 싫어도 돌다리를 두드려 보고 건너는 신중한 전쟁을 할 수밖에 없었던 것이다.

노회의 사 · 사마중달을 상대로 한 총결산

공명의 처지에서 또 하나 상황이 나빴던 것은 최후 두 번의 원정에서 만난 상대가 사마중달이었다는 점이다.

소설에 등장하는 중달은 공명의 기책 앞에 어쩔 줄 몰라 하는 평범한 장군으로 그려져 있다. 그러나 이것도 소설 속 허구에 지나지 않는다. 사실 중달은 적어도 군략이라는 점에서는 공명보다 우위에 있는 지모의 소유자였다.

공명에 맞서 싸운 중달의 기본 전략은 '싸우지 않고 이긴다'는 『손자』의 병법이었다. 아무리 전쟁을 잘 치러도 전쟁에는 반드시 손해가 뒤따르기 마련이다. 설령 이긴다 해도 그런 승리는 칭찬받을 만한 승리가 아니라는 것이 『손자』의 발상이다.

중달의 기본 전략 역시 그랬다. 그는 철저하게 전쟁을 피하고자 했다. 그리고 보급 곤란이라는 공명의 약점을 간파해 상대가 후퇴할 것을 조용히 기다렸다. 공명이 아니라도 상대하기에 쉽지 않은 인물이었다.

소설에는 공명과 중달 사이에 몇 번이나 격심한 싸움이 있었다고 쓰여 있다. 공명이 뛰어난 기모를 발휘하여 중달을 괴롭히는 구도로 그려져 있는데 앞서 서술한 것처럼 대부분이 허구다. 실제로는 최초 대진 가운데 약 두 번 정도의 작은 싸움이 있었을 뿐인데 결과는 첫 번째는 공명의 승리였고, 두 번째는 양자가 똑같이 졌다.

최후 오장원에서의 대결은 전쟁다운 전쟁 없이 서로 노려보기만 하다 끝났다. 원정을 온 공명으로서는 그냥 노려보고만 있어서는 안 됐으며 어떻게든 싸워서 전국을 타개해야 했다. 공명은 자주 중달을 도발하여 전쟁을 하려고 했으나 중달이 움직여 주지 않았다. 오로지 지키기만을 고집하며 싸우려 들지 않았던 것이다.

이러한 상황에서 공명은 진몰하고 양자의 대결은 끝이 났다. 중달과 같은 노회한 장군을 상대하지 못한 것이 공명의 가장 큰 불운이라 할 수도 있다. 그렇다면 다섯 번에 걸친 원정의 총결산은 어떻게 될까.

공명은 확실히 작전의 목적을 달성하지 못했다. 그 점에서 성공이라고 말하기는 어렵다. 그러나 진 것도 아니다. 매우 불리한 조건이 많았음에도 선전했다고 할 수 있다. 지지 않는 싸움을 목적으로 한 공명으로서는 목적한 대로 전쟁을 했다고 볼 수도 있다.

'경외와 애정', 통솔력의 원점

공명은 불리한 조건 속에서 현명하게 군사를 써서 지지 않는 싸움을 하리라 각오하고 목표한 대로의 성과를 거두었다. 그러나 이것만으로는 뛰어난 지도자라 할 수 없다.

공명의 뛰어난 점은 그가 통치하는 동안 나라 정치에 조금도 환란이 없었다는 것이다. 정사 『삼국지』의 작가 진수도 정치가 공명에 대해서는 '다스릴 줄 아는 좋은 인재'라는 높은 평가를 했다.

생각해 보자. 약 8년이라는 시간 동안 총력을 기울인 원정을 다섯 번이나 강행했다. 평범한 지도자라면 나라를 뒤흔들었을 수도 있지만 공명의 시대에는 조금의 환란도 없었다. 일국의 지도자로서 발군의 통솔력을 지녔던 것이다.

어떻게 그러한 통솔력을 발휘할 수 있었던 것일까. 그가 부하나 국민들에게 임하는 기본 자세는 '엄함'이었다고 한다. 다시 말해 신상필벌의 엄격한 조직 관리였다. 그 전형이 '읍참마속'의 고사다. 아끼는 부하라 해도 패군의 책임을 물어 단죄에 처했다. 그때 중신 가운데 한 사람이 말했다.

"정말로 애석하게 그렇게 하셔야만 합니까?"

공명은 다음과 같이 대답하며 눈물을 흘렸다.

"그 책임을 불문에 붙인다면 어떻게 군령을 관철시킬 수 있겠는가?"

이러한 엄격한 자세는 군사들을 대할 때뿐만 아니라 국정을 할 때도 마찬가지였다. 촉은 어쨌든 작은 나라였다. 그러한 나라가 대국과 전쟁을 치른 것이다.

세금을 걷고 병력과 물자를 징발하는 데 있어서도 매우 엄격했다. 이러한 엄격한 조직 관리는 부하나 국민의 불만이나 반발을 사는 것이 일반적이다.

그러나 공명의 경우는 그렇지 않았다. 정사 『삼국지』에는 '백성의 원성이 없었다', '나라 사람들이 모두 경외하고 존경했다'고 전해진다.

백성 사이에 원성이 없었고 백성으로부터 경외받고 사랑받았던 것이다. 이는 다른 사람 위에 서야 하는 위치에 있는 사

람들에게 최고의 칭찬이다. 어떻게 그럴 수 있었을까. 네 가지
정도 이유를 들 수 있다.

첫째, 공명의 태도가 매우 공평무사했기 때문이다. 그래서 무
거운 처벌을 받는 사람도 '공명전이 하는 일이라면 틀림이 없
다. 내게 잘못이 있기 때문이다'고 이해했다고 한다.

둘째, 삼엄함 속에 온화함이 있었기 때문이다. 예를 들어 마속
을 처단할 때도 남은 가족들이 생활할 수 있도록 그전과 같은 대
우를 보장해 주었다고 한다.

셋째, 솔선수범의 태도였다. 아침 일찍부터 저녁 늦게까지 한
결같이 업무에 열중했다. 최고자의 태도가 부하나 국민들에게는
'우리도 그렇게 해야 한다'는 각오와 일치 협력의 자세를 갖게
한 것이다.

넷째, 사생활이 청렴결백했다는 점이다. 그는 출진해 있는
동안 2대 유선에게 보낸 서간에서 자산을 공개했는데 그것은
가족이 최소한의 체면을 유지할 만한 정도의 금액이었다고 한
다.

공명이 엄격한 자세로 임하면서 부하와 백성들의 폭 넓은 지

지를 받을 수 있었던 이유는 대략 이 네 가지로 정리된다.

지도자 공명의 특징은 신과 같은 기모가 아닌 바로 이러한 점이었다고 할 수 있다.

백 번을 싸워 백 번을 이기는 것이 최선이 아니다. 싸우지 않고 적을 굴복시키는 것이 진정한 최선이다.

11

'싸우지 않고 이긴다'
궁극적인 승리법 — 사마중달

『삼국지』 3

제갈공명의 호적수

촉의 승상 제갈공명은 서력 227년부터 234년의 8년 동안 전후 다섯 번의 원정을 시도, 위의 영역을 공격했다. 그 가운데 후반 두 번의 원정에서 위의 대장으로 맞서 싸운 사람이 사마중달이다. 즉, 공명과 중달의 대결은 두 번이었다.

우선 첫 번째 대결은 서력 231년에 있었다. 이 해 공명은 각오를 새롭게 다지고 촉의 정세를 이끌어 기산으로 돌격했다. 그때까지의 원정이 보급 곤란 때문에 실패로 끝났다는 것을 돌이켜 이때만큼은 목우(木牛)라 불리는 운반 수단을 고안하여 보급에 만전을 기했다고 한다.

한편 이에 맞선 중달이 위군의 사령관에 기용된 것은 그로서도 위 나라로서도 예상 밖의 일이었다. 사령관으로 있던 조진(曹眞)이라는 일급 장군이 병에 걸려 갑자기 중달이 그 대타로 기용된 경위 때문이다.

그때까지 중달은 완(宛)이라는 곳에 주둔하면서 오 나라 손권의 움직임을 예의 주시하고 있었다. 원래 위는 오에 대한 대책을 중시했고 중달은 그 최고 책임자로 임명되어 있었다. 그러나 조진이 병에 걸려 공명에 맞서 싸울 적임자는 중달밖에 없었다.

위의 명제는 완에서 중달을 불렀다.

"자네가 아니면 사방에서 일어나는 일을 막을 자가 없네."

이렇게 말하며 방위군의 지휘를 위임했다. 대타라고는 해도 사람들의 기대를 한 몸에 받고 등장했으며 위에게는 최후의 보루였다고 할 수 있다.

중달은 제군을 통솔하여 기산으로 가 공명의 군에 맞서 싸웠는데 이것이 두 사람의 첫 대결이었다. 그런데 중달의 작전은 신중 그 자체였으며 방어 일색으로 싸우려 들지 않았다. 상대가 추격을 해와도 그것을 피해 달아나 전장의 기지로 들어가 버렸다. 『손자』의 병법에 이런 말이 있다.

"백 번을 싸워 백 번을 이기는 것이 최선이 아니다. 싸우지 않고 적을 굴복시키는 것이 진정한 최선이다."

是故百戰百勝 非善之善者也 不戰而屈人之兵 善之善者也

싸우지 않고 이기는 것이 이상적인 승리라는 의미다. 또한 '가능한 효율적인 싸움을 해야 한다'는 의미이기도 하다. 중달의 작전이 바로 이러했다. 보급 곤란이라는 공명 측의 약점을 확실히 읽어낸 것이다.

방어만을 고집하고 있으면 상대는 결국 보급이 끊겨 후퇴하게 되어 있다. 그러한 상대와 싸우는 것은 쓸데없는 소모일 뿐이다. 싸움이 벌어지면 아무리 잘 싸워도 병력은 손실되기 마련이다. 그렇게 되면 설령 이긴다 해도 얻을 것이 없다.

중달은 그런 생각으로 철저하게 싸움을 피하는 작전으로 임했다. 그러나 이러한 전술은 혈기 왕성한 부하들이 볼 때 이해할 수 없는 일이었기 때문에 그들은 중달에게 항의했다.

"당신은 공명이 마치 호랑이라도 되는 듯 무서워하는군요. 이 래서는 천하의 비웃음만 사게 됩니다."

이에 중달은 어렵게 결심하고 전쟁에 임했으나 허망하게 지고 만다. 그 후부터는 부하들이 아무리 항의를 해 와도 수비만을 고집하며 움직이려 들지 않았다.

지구전을 위한 식량 보급이 불가능한 공명은 당황할 수밖에 없었다. 공명은 또다시 눈물을 머금고 후퇴하고 말았다. 이를 보고 중달은 부하인 부장에게 추격하라고 명했다. 이에 공명은 장병을 배치시켜 맞섰는데 이때는 꽤 심각한 전쟁이었다. 중달에 대해 쓴 전기 『진서(晉書)』에 의하면 결과는 중달의 대승. 그러나 중달 측도 대장인 장합(張郃)이 전사했으므로 공평하게 본다면 양자 모두가 상처를 입은 전쟁이었다고 할 수 있다.

선전자승 승이승자야(善戰者勝 勝易勝者也)

그 후 3년, 공명이 또다시 위의 영역으로 진공했고 중달이 맞서 싸웠다. 그들의 두 번째 대결이었다. 그 모양을 정사 『삼국지』에서는 다음과 같이 간결하게 서술했다.

"공명은 대중을 이끌고 야곡에서 나와 유마로 물자를 운반하여 무공인 오장원에 거하며 사마중달과 위남(渭南)에 대치했다."

'대중을 이끌었다'는 말은 촉의 전군을 동원했다는 의미로 이 전쟁에 대한 공명의 각오를 알 수 있는 대목이다.

한편 중달은 전과 마찬가지로 역시 싸우려 들지 않았다. 한결같이 방어만을 고집하며 공격하지 않았다. 역시 보급 곤란이라는 공명의 약점을 읽어 싸우지 않고 후퇴할 때 그들을 쫓을 심산이었다.

공격을 해온 공명으로서는 좋지 않은 상황이었다. 공명은 갖은 수단과 방법을 써서 중달을 도발했다. 그러자 중달도 이번에는 그 도발을 견딜 수 없었다.

그때 우연히 공명 측의 군사가 중달의 본거지에 파견되어 왔다. 그러자 중달은 당면한 전쟁에 관한 이야기는 하지 않고 오로지 진중에 있는 공명의 일상에 대해서만 물었다. 군사는 그 정도의 일이라면 별로 숨길 필요가 없다고 생각하고 있는 그대로 답했다.

"제갈 공은 아침 일찍부터 밤늦게까지 군무에 전력을 다하며 태형 20대 이상은 몸소 결재하고 있습니다. 식사는 아주 조금씩 드십니다."

중달은 군사를 돌려보낸 뒤 말했다.

"그렇다면 공명의 목숨도 머지않았군."

즉, 중달은 상대 대장의 건강 상태까지 확실히 읽어낸 것이다. 상대는 보급이 지속되지 않아 대장의 진몰 사태가 생길 확률이 높다고 예상하고 그렇다면 더 더욱 싸울 필요가 없다 판단한 것이다. 중달은 계속 방어만 하면서 자신만만하게 상대의 후퇴를 기다리고 있었다.

『손자』에 다음과 같은 말이 있다.

"가장 뛰어난 승리는 쉽게 이길 수 있는 전쟁을 하여 이기는 것이다."

善戰者勝 勝易勝者也

　미숙한 외야수는 뜬 공을 멋지게 잡아내려고 하지만 훌륭한 외
야수는 어려운 공도 몸 앞에서 받아낸다. 『손자』가 말한 것은 이
러한 뛰어난 외야수와 같은 승리이다. 중달은 여유를 가지고 무리
하지 않은 채 자연스럽게 이겨 이러한 승리를 하고자 한 것이다.

　오장원을 무대로 한 두 사람의 대결은 본격적인 싸움도 없이
백여 일이 흘렀다. 그리고 공명은 중달이 간파한 대로 과로로 병
에 걸렸고 진중에서 목숨을 다했다. 대장을 잃은 위군은 어쩔 수
없이 후퇴에 들어갔고 이를 중달의 군사가 추격하기 시작했다.

　그러나 위군이 반전을 도모하려던 중 중달은 멈추기를 명령했
고 그 이상 추격하지 않았다. 이를 본 주변 마을 사람들은 '죽은
제갈이 산 중달을 이겼다' 라며 입을 모았다고 하는데 이는 중달
의 범용함을 일컫는 말이기도 하다. 도대체 어찌 된 일이었을까.
나중에 중달은 이 말을 듣고 다음과 같이 말하며 쓴웃음을 지었
다고 한다.

　"살아 있는 자의 계략은 알 수 있어도 죽은 자의 계략은 알 수
없는 법이지."

　그는 부하들의 체면을 위해서 추격한 것이었지 처음부터 진짜

로 추격할 마음은 없었다. 그에게는 추격 자체가 중요했을 뿐 일부러 출혈을 각오하면서까지 상대를 격파할 필요가 없었기 때문이다.

또한 중달은 공명의 진영을 직접 시찰하면서 '천하의 기재(奇才)로다'라는 한마디로 감상을 말했다. 공명을 기재로 인정한 그 역시 평범한 인물은 아니었음이 틀림없다.

'공성지계'는 완벽한 허구

이상이 정사 『삼국지』에 나타난 두 사람의 대결 경위이다. 이것이 허구화된 『삼국지연의(三國志演義)』가 되면 내용이 매우 달라지는데 중달을 공명의 교묘한 군략 앞에 농락당하는 범용한 장군으로 묘사된다. 유명한 '공성의 계' 장면이 그 전형적인 예이다. 우선 그 장면을 『삼국지연의』에 묘사된 대로 재현해 보자.

공명이 첫 번째 원정에 나선 때의 일이다. 선발군인 사령관에 기용된 마속이 가정(街亭)에서 잊지 못할 대패를 당했다. 어쩔 수 없이 공명은 전군에게 후퇴를 지시했고 자신도 5천 기병을 이끌고 서성으로 향했다. 또한 식량도 같이 운반했다. 그때 사자가 달려와 말했다.

"중달이 15만 대군을 이끌고 서성을 향해 오고 있습니다."

이때 공명 주위에는 문관들밖에 없었다. 5천 병사 가운데 절반은 식량 운반으로 동원되었고 성안에는 2천 5백 명의 병사만이 남아 있었다. 주위에 있던 문관들은 이 소식을 듣고 안색이 변했다.

성벽에 올라가 보니 중달이 이끄는 대군이 자욱한 모래 바람을 일으키며 쇄도하고 있었다. 공명은 즉시 명령했다.

"모든 깃발들을 눕히거나 낮추고 군사들은 성안의 길목을 지키되 함부로 나다니지 않도록 하라. 목소리 높여 떠드는 자는 목을 베리라."

그리고 사방의 성문을 활짝 열고 각 문마다 20명의 병사를 백성으로 꾸며 청소를 하고 있는 것처럼 보이게 했다.

"내게 계책이 있다. 적이 가까이 오더라도 함부로 움직여서는 안 된다."

공명은 전투복을 벗고 흰 착상의를 입은 채 윤건을 쓴 뒤 거문고를 손에 든 아이 두 명을 데리고 성벽 위로 올라갔다. 그리고는 적의 대군 앞에서 한가로이 향을 피우고 거문고를 타기 시작했다.

그때 중달의 선견 부대가 도착했으며 그들은 이 광경을 급히 중달에게 보고했다. 중달은 처음에는 웃으면서 믿지 못하다가 전군에게 정지할 것을 명령하고 직접 말에 올라 확인하러 갔다.

  정말 공명이 성벽 위 누각에 웃음 띤 얼굴을 하고 거문고를 타고 있었다. 그리고 그 옆에는 아이들까지 함께 있었다. 게다가 성문 주위를 보니 20명 정도의 영민들이 무슨 일이냐는 듯 청소만 하고 있는 것이 아닌가.

  이를 이상하게 여긴 중달은 전군에게 후퇴를 명령했다. 옆에 있던 둘째 아들 사마소(司馬昭)가 이상히 여겨 물었다.

  "혹시 성내에 군사가 없어 일부러 저렇게 꾸민 것은 아닐까요. 왜 성급히 군사들을 돌려보내려 하십니까?"

  중달은 대답했다.

  "아니다. 제갈량은 무의미한 짓은 하지 않는 사람이다. 성을 빈집처럼 하고 있지만 반드시 어떤 복병이 숨어 있음에 틀림없다. 지금은 후퇴하는 것이 현명할 것이다."

  공명은 위병이 멀리 물러간 뒤에야 손뼉을 치며 웃었다. 보고 있던 벼슬아치들은 모두 놀라 우르르 공명에게 달려가 물었다.

  "중달은 위의 이름난 장수입니다. 15만이나 되는 대군을 이끌고 여기까지 왔는데 승상을 보자마자 물러간 것은 무슨 까닭입니까?"

공명이 대답했다.

"그 사람은 내가 평생 삼가고 조심하는 사람이라 위험을 무릅쓰고 남을 속이려 들지 않을 것이라 생각했다. 그래서 내가 하는 양을 보고 반드시 복병이 있을 것이라 여겨 물러난 것이다. 실로 나는 위태로운 짓을 하지 않지만 이번에는 어쩔 수 없어 이런 속임수를 쓰게 되었다."

"승상의 깊고 깊은 헤아림은 귀신도 짐작하기 어려울 것입니다. 저희들 소견대로라면 틀림없이 성을 버리고 달아났을 것입니다."

병사들은 공명의 지모에 감탄을 마지않았다고 한다.

사마중달의 실상

이것이 『삼국지연의』에 묘사된 '공성지계'의 전말이다. 『삼국지연의』를 읽은 독자들은 공명의 지모에 감탄하고 중달의 어리석음에 웃었을 것이다. 그러나 이 이야기는 사실이 아니다. 사실 '공성지계'의 본바탕이 된 이야기는 정사 『삼국지』에 기록되어 있으나 정사의 주석에 문제가 있었다.

주지하다시피 정사인 『삼국지』는 진대의 진수라는 사가가 썼는데 그 기술이 매우 간결하여 재미가 떨어졌다. 후에 배송지(裴松之)라는 사가가 여러 가지 자료에서 본문과 관계된 일화를 모아 그것을 주석 형태로 보충했는데 그것이 오늘날 전해지는 정사 『삼국지』이다. 배송지의 주석이 들어감으로써 정사 『삼국지』도 꽤 재미있어졌다.

이 주석에는 '공성지계'의 근거가 되는 이야기도 포함되어 있다. 그런데 이 이야기를 주석에 넣은 배송지 자신도 '전부 허구다'라고 덧붙였다. 즉, 배송지는 '공성지계'와 같은 이야기가 허구라는 점을 알면서도 정사의 주석에 채용한 것이다.

확실히 이것은 당시의 앞뒤 사정상 있을 수 없는 일이다. 이때 중달은 아직 완에 주둔하면서 오의 움직임에 대비하고 있었다.

『삼국지연의』의 작자는 작품에 재미를 더하고 공명의 지모를 강조하기 위하여 이 이야기를 넣은 것이다. 또한 중달을 왜소화시켜 공명을 더욱 눈에 띄게 만든 것에 지나지 않는다.

『삼국지연의』는 '공성지계' 장면뿐만 아니라 전편 전체가 그런 방식으로 쓰였다. 이 때문에 『삼국지연의』의 독자는 중달은 공명의 군략에 희롱당하는 범용한 장군으로 생각하게 되는 것이다.

이는 중달로서는 매우 유감스러운 일이다. 실상의 중달은 앞서 소개한 바와 같이 군략 면에서 공명에 전혀 뒤지지 않는 지모를 가진 훌륭한 지도자였기 때문이다.

예를 들어 방금 소개한 '공성지계'가 그렇다. 소개된 대로만 읽으면 지모의 공명, 범용한 중달이라는 편견으로 이어지겠지만 종이에 쓰인 글의 이면까지 읽어보면 반드시 그렇지도 않다는 것을 알 수 있다.

이 '공성지계'에서 최소한 다음 두 가지 정도는 읽어낼 수 있다.

첫째, 공명이라는 인물은 보통의 사고로는 불가능한 신에 가까운 기책을 구사하는 군사가 아닌 견실한 용병술을 보여준 군사라는 점. 이것은 중달이 그렇게 이해한 것이 아니라 공명도 스스로 자인했다. 그리고 이것이 공명의 실상에 가깝다.

둘째, 중요한 것은 중달이 왜 공명의 기책에 물러섰느냐 하는 점인데 바로 그가 가진 통찰력 때문이었다. 아들인 사마소같이 젊은 지도자였다면 그대로 돌진하여 한 번에 공명의 군사를 물리쳤을 수도 있다. 그러나 중달은 지나치게 그 속까지 간파한 나머지 오히려 기책에 물러섰다. 공명도 그 점을 계산하여 굳이 그런 계책을 쓴 것이었다.

'공성지계'는 공명의 지모를 보여줌과 동시에 상대인 중달이 깊은 통찰력을 지닌 지도자였음을 간접적으로 증명해 보이는 이야기라 할 수 있다.

공손연 토벌에서 보인 명지휘

공명은 공격하고 중달은 방어하며 두 사람은 전쟁다운 전쟁 한 번 못해본 채 공명의 진몰로 끝이 났다. 그동안 중달은 잘 방어하면서 공명의 틈을 살폈다. 역시 공명도 중달의 굳은 방어 앞에 눈물을 삼킬 수밖에 없었다.

그러나 이것은 중달에게는 아직 발단에 지나지 않는다. 그가 깊은 통찰력을 가진 명장으로 진가를 발휘한 것은 이때부터였다.

중달은 공명의 도전을 물리친 뒤 3년 동안 그대로 장안에 머무르며 촉의 움직임에 대비했다. 그러던 중달은 도 명제의 부름을 받는다. 요동 태수인 공손연(公孫淵)이 조정에 반기를 들어

토벌이 불가피하다는 것이었다.

정보에 의하면 공손연의 뒤에는 오의 손권이 있고 지속적으로 획책을 하고 있다고 했다. 그대로 방치하면 대사에 지장을 초래할 것이므로 빨리 화근을 없애야만 했다. 이리하여 중달을 기용하게 되었고 위로서도 중달 이외에는 이렇게 큰 임무를 맡길 사람이 없었다.

중달은 보병과 기병 4만 군세를 이끌고 요동으로 향했다. 공명 때는 방어만 했으나 이번에는 그때와 달리 공격을 했다. 방어에는 성공했던 중달이지만 공격에 들어갔을 때는 어떠한 채비를 했을까.

상대인 공손강은 요수(遼水)의 대안에 수만 군세를 동원하여 남북 6~70리에 포진한 채 위군의 진공에 대비하고 있었다. 이를 본 중달은 적진의 남쪽에 계속 유인병을 투입했다. 기의 문양을 오인해 정예 부대로 착각하게 하여 적을 남으로 유인한 것이다. 이때 중달의 주력은 북쪽을 향해 가고 있었고 적이 손쓸 겨를 없이 요수를 건너간 뒤 배와 다리를 태워 버렸다.

역시 뛰어난 작전이었다. 그러나 중달은 중요한 적을 방치해 둔 채 적의 본거지인 양평(襄平)을 목표로 진격했다. 부하인 무장들은 중달의 의도를 알 수가 없었다.

"적을 앞에 두고서도 공격하지 않는 것은 아군의 사기에도 영향을 미칩니다."

중달은 대답했다.

"아니다. 이대로 좋다. 적은 견진을 포위하고 우리 군이 올 것을 기다리고 있다. 이를 공격하면 뻔히 알면서도 적의 계략에 빠지게 된다. 옛 사람들도 '내가 싸우고자 한다면 적이 비록 높은 누각을 쌓고 깊은 구덩이를 파서 방비만 하고 있었더라도 어쩔 수 없이 싸우게 된다. 그것은 우리가 꼭 구해내야만 하는 장소를 공격하기 때문이다'라고 했다. 지금 적의 대군은 이 요수 근처에 집결해 있다. 본거지인 양평에는 아무도 없으므로 지금 바로 양평으로 향하면 적도 당황할 것이다. 당황하고 있으므로 반드시 격파할 수 있다."

이 말은 중달이 『손자』에서 인용한 것이다. 원문으로 표기하면 다음과 같다.

故我欲戰 敵雖高壘深溝 不得不與我戰者 攻其所必救也

중달도 깊이 『손자』를 연구하고 그 병법에 충실한 모양이었다.

이렇게 중달이 이끄는 위군은 대오를 정비하여 양평으로 향했다. '주위에 적이 있다'는 것을 안 적은 당황하여 요수의 진을 버리고 위군의 전진을 저지했다. 이를 본 중달은 부하 장군들에게 말했다.

"공격을 피하는 것은 적을 유인하기 위해서다. 지금이야말로 한 사람도 남김없이 쳐내야 할 때다."

만반의 준비를 하고 기다리던 위군은 반전하여 이들을 물리치고 3전 3승의 훌륭한 승리를 거두었다. 작전대로 승리한 것이다. 뜻대로 되지 않은 적은 후퇴하여 양평으로 향했고 위군은 즉시 추격하여 이들을 포위했다.

신중함과 결단

이보다 앞서 공손연은 위군의 출격을 듣고 오의 손권에 지원군 출동을 요청했다. 손권은 요청을 받아들여 원정군을 보내면서 다음과 같은 친서를 보냈다.

"중달은 용병의 달인이다. 천변만화(千變萬化)의 전쟁으로 패배를 모르니 아무쪼록 잘 싸워주기를 바란다."

　이것만 봐도 중달의 전쟁 솜씨는 적군에게도 높은 평가를 받았
다는 것을 알 수 있다. 그러나 그런 중달도 양평의 공략전은 약간
힘들었던 모양이다. 때마침 장마를 만났던 것이다. 중달의 진중
거처는 탁류에 젖고 강수량은 수 척에 달했다. 장병들은 이동을
요청했으나 중달은 다음과 같이 포고하고 움직이지 않았다.
　"분별없이 이동을 논하는 자는 단죄에 처하리라."
　한편 양평 성내의 적들은 '물'이라는 생각지도 못한 원군을
얻어 태평스럽게 나무를 하고 우마를 돌보고 있었다. 이를 보고
중달의 부하들은 '저것들을 약탈합시다'라고 말했다. 그러나 중
달은 허락하지 않았다. 견디지 못한 참모 한 명이 다음과 같이
비난했다.
　"선생, 상용(上庸)의 맹달(孟達)을 공격했을 때는 전군을 주야
겸행으로 진격하고 5일 만에 그 견고한 성을 함락시켰으며 맹달
을 처단했습니다. 이번에는 오랫동안의 원정에도 이렇게 여유있
게 있다니요. 왜 그런지 이유를 듣고 싶습니다."
　중달이 대답했다.
　"그렇지 않다. 그때의 맹달은 군세가 적었고 1년치 식량이 준

비되어 있었다. 그에 반해 우리 편 병력은 상대의 네 배였지만 식량은 한 달 분밖에 되지 않았다. 한 달 분으로 일 년 분을 상대한 것이니 속전즉결 이외에 대책이 없지 않았겠는가. 또한 병력은 상대의 네 배였기 때문에 승리 가능성은 충분했다. 그래서 희생을 최소화하고 식량이 없어지기 전에 해결해야 한다고 생각했던 것이다. 그런데 이번에는 어떠한가. 상대는 군세는 많지만 식량 부족으로 힘겨워하고 있는 상태다. 우리는 군세는 적으나 식량은 충분하다. 또한 지금과 같은 장마 중에는 대책을 세울 수 없으니 섣불리 움직이지 않는 것이 좋다. 나는 도를 출발할 때부터 상대가 전쟁을 포기하고 도망가지 않을까 생각했다. 지금 상대는 심각한 식량 부족난에 빠져 있으며 우리 쪽도 포위 태세가 충분치 못하다. 이럴 때 상대의 우마나 땔감을 약탈하는 것은 일부러 도발하는 것이나 마찬가지 아닌가. 어떤가, 싸움이라는 것은 결국 서로 속고 속이는 것이 아닌가. 정황이 바뀌면 작전도 바뀐다. 지금 상대는 대군과 비라는 아군까지 얻어 식량 부족에 빠진 것이 아직은 큰 문제가 되지 않는다. 우리 쪽은 일부러 아무런 행동을 취하지 않고 상대를 안심시키는 것이 상책이다. 눈앞의 이익만을 챙기려 들어서는 안 된다.”

중달의 이러한 생각 또한 『손자』의 병법에서 비롯된 것이었다. 먼저 『손자』는 전쟁 방법의 이상으로 '夫兵形象水'를 꼽았다. 즉, 물의 형세를 이용한다는 의미다. 물은 아주 유연하여 어떤 그릇에 담기는가에 따라 형태가 바뀐다. 그와 마찬가지로 전쟁도 상대의 태세에 따라 임기응변으로 대처해야 한다는 뜻이다. 너무 솔직하게 항상 같은 정석을 사용해서는 승리를 기대할 수 없다. 중요한 것은 임기응변의 운용이며 이것이 『손자』의 사상이자 중달의 생각이었다.

두 번째로 중달은 '전쟁은 서로 속고 속이는 것'이라고 말했는데 이는 『손자』에 나온 유명한 말로 원문은 '兵者 詭道也'이다. 『손자』는 궤도에 대해 다음과 같이 말한다.

"예를 들어 가능하면서도 불가능한 척, 필요하면서도 불필요한 척한다. 멀리서 보면서도 가까이에서 보는 척하고 가까이 있으면서도 멀리 있는 척한다. 유리하다고 판단되면 꾀어내고 혼란시켜 돌진한다. 이익으로 유인하고 혼란할 때 취득하라. 상대가 충실하면 방비하고 강하면 피하라. 상대가 분노하면 부추길 것이요, 얕보면 교만하게 하라. 적이 쉬려 하면 노역하게 만들고 서로 친한 적들은 이간질시켜라."

훌륭한 속임수라 할 수 있다. 중달이 체득한 것도 이러한 사고 방식에서 기인한 것이었다. 이렇게 끈질기게 소리를 낮추고 있던 중달이었지만 비가 멎자 한 번에 전군을 투입하여 총공격에 나섰다. 정(靜)에서 동(動)으로 전환한 것이었다. 이 역시 『손자』의 병법이다.

"처음에는 처녀처럼 얌전히 있다가 적군이 문을 연 다음에는 덫에서 풀린 토끼처럼 하라."

始如處女 敵人開戶 後如脫兎

불리한 때는 처녀처럼 정숙하게 상대를 꾀고 유리할 때는 덫에서 풀려난 토끼처럼 덤벼들라는 의미다. 중달의 전쟁법은 바로 이것이었다. 격심한 공격에 견디지 못한 공손연은 항복을 선언했다. 그러나 중달은 그것을 허락하지 않았다. 탈출한 공손연을 쫓아 처단하여 결국 화근을 없앴다. 끝맺을 때는 확실히 끝맺는다. 이러한 비정한 전쟁법도 중달의 본성에 있었다.

경쟁자인 조상을 장사 지내다

이러한 중달의 뛰어난 전쟁술은 무기를 들고 싸우지 않는 정치의 장에서도 유감없이 발휘되었다.

중달이 공손연을 격파한 직후 명제가 서거했고 제왕방(齊王芳)이 황제에 즉위했다. 중달은 명제의 유언에 따라 대장군 조상(曹爽)과 함께 새로운 황제를 보좌하라는 명을 받았다. 그때 그는 명실 공히 위 왕조의 원로로 조정의 모든 것을 한눈에 파악하고 있었다.

그런데 경쟁자인 조상은 젊고 의기 왕성한 사람이었다. 또한 그는 위의 대공신이라고 할 수 있는 조진의 아들로 혈통을 따라 위 왕조에 들어오게 된 가문이 뛰어난 사람이었다.

결국 조상은 부하로 유능한 사람들을 발탁하고 중달을 무너뜨려 권력을 독점하고자 했다. 대부분의 실권을 빼앗긴 중달은 어쩔 수 없이 병을 구실로 자리에서 물러났다. 그에게는 중대 위기였다. 그러나 그는 조용히 집 안에서만 보내며 다른 움직임을 보이지 않았다.

한편 조상은 그러한 중달의 존재가 오히려 더 신경이 쓰였다. 중달은 만만치 않은 속임수를 잘 쓰는 인물이었기 때문이다. 그런 그가 조용히 소리 내지 않고 있는 것은 무언가 계략이 있기 때문이라고 생각한 것이다.

의심을 품은 조상은 어느 날 이승(李勝)이라는 사람을 중달에게 보내 동태를 살피게 했다. 중달은 두 사람의 부인과 함께 이승을 맞았다. 그가 어깨에 걸친 옷이 흘러내려 오자 두 명의 부인이 입혀주었다. 또 중달은 부인들에게 제대로 응대하라면서 투덜거리며 무언가를 마시면서도 중얼거림을 멈추지 않았다. 한 부인이 죽을 담은 대접을 주니 그것을 뚝뚝 흘리면서 훌쩍거리며 마셨다. 그리고 뚱딴지 같은 대답만 했다. 마치 노망이 든 것 같은 모습이었다. 이승은 조상에게 보고했다.

"노공의 말하는 모양새가 지리멸렬하여 남을 북이라 하고 죽도 제대로 삼키지 못할 정도였습니다. 안타깝게도 그 사람은 이제 끝인 것 같습니다."

이 보고를 듣고 조상은 완전히 경계심을 풀어버렸다. 경쟁자의 재기는 불가능한 것이라 믿은 것이다. 그러나 이는 중달의 연기였으며 모든 것이 적을 방심시키려는 계략이었다. 한 달 뒤 서력 249년 5월 황제가 선대를 제사 지내는 고평릉(高平陵)을 참배할 때 조상 무리도 함께 도를 떠나 자리에 없었다. 사실 중달은 이때를 기다려 왔다. 그는 도가 텅 빈 것을 알고 쿠데타를 일으켜 도를 제압하고 이윽고 조상 무리를 일망타진했다. 순식간의 틈을 탄 전광석화의 조업이었다.

병법 『삼십육계』 가운데 하나로 '가치부전(假痴不癲)'이라는 말이 있다. 어리석은 행동으로 상대를 안심시키는 책략인데 바로 중달이 조상에게 취한 방법이다.

조상을 멸한 중달은 이후 251년에 죽을 때까지 위 왕조의 전 권력을 장악하고 원로로서 조정을 돌보았다. 그의 자손 사마염이(司馬炎) 선양(禪讓)이라는 형식으로 진 왕조를 일으킨 것은 중달이 죽은 지 14년 후의 일이었는데 그 기초는 중달을 대신하여 확실히 다진 것이었다.

진 왕조의 조상이 되다

이미 살펴보았듯 사마중달은 전략, 정략 등 모든 면에서 뛰어난 인물이었다. 그는 처음부터 남다른 재주를 지니고 있었던 듯하다. 『진서』라는 역사서에서는 '속으로는 싫어도 밖으로는 관용'이라고 평가했다. 아무리 상대가 싫어도 그런 기색을 전혀 나타내지 않는다는 뜻이다. 즉, 의심이 많은 성격으로 임기응변술에 능했다는 의미다. 속으로는 싫어해도 권모가로서는 뛰어난 소질을 지녔던 것이다.

또한 그에게는 '낭고지상(狼顧之相)'이 있었다고 한다. 보통 사람이 뒤를 돌아볼 때는 머리만 돌리는 것이 아닌 몸통도 함께 뒤를 향하게 되어 있다. 그런데 중달은 몸은 그대로 있고 머리만 180도 회전시켜 뒤를 볼 수 있었다고 한다. 중달이 뛰어난 재주를 가진 사람으로 소질을 발현할 수 있게 가장 큰 영향을 준 사람이 바로 조조였다. 젊은 시절 중달은 조조를 섬기며 철저한 훈련을 받았다고 한다.

조조는 인재 초빙에 열심인 사람이었다. 중달은 그 재능을 인정받아 조조의 부하로 맞아지기는 했으나 초기에는 꽤 경계를 받았던 듯하다.

조조와 중달은 24세의 나이 차가 있었다. 거의 아버지와 아들뻘이었다. 그런데 왜 조조는 자식과도 같은 중달에게 경계심을 품었던 것일까.

조조와 중달은 같은 권모가였어도 조조는 양성, 중달은 음성이라는 차이가 있다. 그러나 남다른 재능을 가진 권모가라는 점에서는 둘 다 같다. 조조가 중달에 대해 품은 경계심은 그렇게 같은 유형의 사람에게 품은 경계심이었다.

그러나 중달은 성실하게 조조를 보필하여 조조의 경계심을 늦췄고 점차로 신임을 받게 된다. 그리고 측근이 되어 조조가 가진 권모술수를 배우고 익혔다.

앞서도 서술했지만 중달이 전쟁에 임할 때마다 『손자』의 병법을 이용한 것은 조조의 영향을 무시할 수 없다. 조조는 『손자』 연구에서 당대 최고의 일인자였기 때문이다.

이렇듯 중달은 조조의 부하로 호된 훈련을 견디며 성장한 인물이다. 청출어람(靑出於藍)의 명예라고 할 수 있을 것이다.

권모술수를 익히는 것은 지도자가 꼭 가져야 할 조건 가운데 하나다. 그러나 그것을 함부로 사용하면 오히려 역효과일 수 있다. 특히 중달의 경우 '속으로는 시기' 등으로 평가되는 것처럼 음성의 권모였다. 그래서 그에 대한 평판이 더욱 좋은 것은 사실이다. 그러나 중달이라는 사람은 중국류 정치적 인간의 전형적인 인물이라고 말하기는 힘들다.

조광윤은 남을 배려할 줄 알고 작은 일에 대해서도 부하들의 의견을 자주 물었다. 이는 다른 사람 위에 서는 지도자라면 누구나 갖추어야 할 조건이다.

12

인망을 얻기 위해
평범함을 쌓다 — 송의 태조 조광윤

『십팔사략』

운 좋은 창업자

송 왕조가 성립된 것은 서력 960년이다. 그 전 시대를 중국 역사에서는 '5대 10국'이라고 한다. 당 왕조가 멸망한 뒤 다섯 왕조와 10개 나라가 흥망을 거듭한 시대로 전형적인 난세였다. 그것이 50년 이상이나 지속되었다.

하지만 송 왕조의 수립으로 그 난세에 종지부를 찍게 되었다. 이것을 달성한 사람이 송의 태조 조광윤(趙匡胤)이었다. 중국을 통일하는 것은 평범한 역량으로는 불가능하다. 하지만 조광윤은 통일을 달성했고 이는 굉장한 위업이라고 할 수 있다.

그러나 조광윤은 달성한 일이 큰 것에 반하여 박력이 부족하고 중국사에서 그다지 큰 인상을 주지 못한 사람이다. 단신으로 달성하여 황제 자리에 오른 인물, 예를 들어 한의 고조 유방이나 명의 태조 주원장(朱元璋)도 각각의 강한 개성과 활력을 가지고 있었다.

군사인 장량(張良)이 유방을 처음 만났을 때 '유방은 하늘이 내린 사람이다'라고 칭송했다 한다. 유방이라는 인물은 처음 만나는 사람에게 그러한 인상을 주는 비범한 인물이었다. 또한 주원장도 '이 사람은 보통내기가 아니다'라는 생각이 들게 하는 모습을 지니고 있었다. 이 때문에 그들이 천하를 손에 넣은 것은 당연하게 생각되었다.

그러나 조광윤의 경우에는 똑같이 거의 단신으로 출발하여 황제 자리에까지 오른 인물이면서도 앞의 두 사람과 같은 강렬한 개성을 느낄 수가 없다. 그는 극히 평범한 사람이었다. 그런 의미에서 '평범 속의 비범'이라는 말이 딱 어울린다고 할 수 있다.

조광윤의 인상을 확실하게 설명하지 못하는 이유 가운데 하나는 즉위의 사정에서도 찾아볼 수 있다.

'5대 10국' 최후의 왕조는 후주(後周)이며 그 2대 황제는 세종(世宗)이었다. 조광윤은 이 사람에게 기용되어 두각을 나타냈는데 세종이라는 최고자는 뛰어난 재지를 갖춘 사람이었다. 강렬한 개성과 활력이라는 면에서 유방이나 주원장에 필적할 만했다. 그는 즉위하자마자 지체없이 천하 통일의 실현이라는 결의를 다지고 그것을 향한 걸음을 내디뎠는데 만약 그의 수명이 길었더라면 천하 통일의 위업은 그의 손으로 달성됐을지도 모른다. 그러나 애석하게도 세종은 재위 6년 만에 병을 얻어 죽게 된다. 39세의 젊은 나이였다. 그 뒤를 이은 사람이 아들인 종훈(宗訓)으로 7세의 어린아이였다.

시대는 아직 난세였고 통일의 대업은 계속되어야 했다. 그런데 일곱 살 난 어린아이가 최고자여서는 어떻게 할 수가 없다. 반 년 뒤 군신들의 불안이 근위군 쿠데타가 되어 폭발했는데 이

선두에 있던 사람이 근위군 사령관인 조광윤이었다.

세종이 오래 살았더라면 조광윤은 그의 충실한 부하로 일생을 마감했을 것이다. 세종이 빨리 죽은 것이 조광윤에게는 행운이었다. 그러한 의미에서 그는 운이 좋은 사람이었다고 할 수 있다.

이 시대의 정사인 『송사(宋史)』에도 천하 통일을 성공시킨 태조 조광윤의 위업을 기리며 '인간의 힘이 아니었다는 것은 그 사람의 운이 좋았다는 것을 의미한다' 라고 덧붙여져 있다. 누가 보든 그렇게 보였다. 물론 그렇다고 해서 그를 끌어내리고자 함은 아니다. 난세를 이기고 살아남은 자는 누구든 운이 좋을 수밖에 없다.

예를 들어 유방도 역시 죽을 때 '내가 천하를 얻을 수 있었던 것은 운이 좋았기 때문이다' 라며 의미있는 말을 했다. 단, 조광윤의 경우는 매우 쉽게 지존의 자리에 앉아 그것이 오히려 그의 인상을 약하게 했다는 점을 들고 싶었을 뿐; 그가 무조건 운이 좋아서 그랬다는 의미는 아니다.

세종이 죽었을 때 그는 근위군 사령관으로 군사의 대권을 쥐고 제일인자의 지위에 있었다. 회사로 치자면 전무이사 정도의 자리다. 그것이 결국 황제의 길을 열어주기는 했으나 거기까지 오를 수 있었던 것은 그만큼의 실적이 있었기 때문이다.

후주 세종의 신뢰를 받다

　조광윤이 태어난 것은 927년이었으니 당 왕조가 멸망한 지 20년 후이자 '5대 10국'의 난세였다. 그의 아버지는 낙양에 주둔하는 근위군의 하급 장교였는데 집안이 결코 풍요로웠다고는 할 수 없으나 학문과 무예를 익힐 수 있을 정도의 여유는 있었다. 지금으로 말하면 중산층 회사원 정도의 가정이라고 할 수 있겠다. 그러나 하급 장교인 아버지가 성인이 된 아들이 좋은 자리에서 일할 수 있도록 힘을 쓸 수는 없었다. 광윤은 21세 되던 해 집을 나와 제국을 떠돌아다니는 여행길에 나선다. 용돈을 벌고자 손을 내밀고 아무것도 없이 부친의 지인에게 찾아갔으나 냉대를 받는 등 삼 년 가까운 시간 동안 방랑 생활을 계속했다. 그에게는 귀중한 인생 경험이 되었으나 이 시기의 그에게는 아무런 희망이 없었다.

　그의 인생에 전망이 열린 것은 다른 사람의 권유로 후주의 군직에 투신한 때부터였다. 군인의 아들이라 역시 군인 체질이었던 모양이다. 특히 당시의 태자였던 세종의 눈에 든 것이 그의 인생에 대역전을 만들어주었다.

3년 뒤 세종의 즉위와 동시에 그는 세종의 충실한 심복으로서 근위 일군으로 임명받는다. 그리고 세종의 기대에 응할 기회가 주어진다. 북방의 북한(北漢)이라는 나라가 이민족 거란(契丹)의 지지를 얻어 후주 영내에 침입해 온 것이다. 후주에서는 이제 막 즉위한 젊은 세종이 그 공격에 맞서고자 했다. 그래서 의기만만한 세종은 노신들의 반대를 무릅쓰고 직접 군대를 이끌고 가서 맞서 싸웠다. 그러나 그들은 이제 막 즉위한 상태라 자신의 군사들을 확실하게 장악하고 있지 못했다. 전쟁이 시작된 지 얼마 되지 않아 우익군이 붕괴되었고 본영에 있던 세종이 직접 진두에 서서 독전해야 했다. 심한 고전이었다.

　이 위기를 구해낸 것이 조광윤이었다. 그는 이때 근위 일군을 통솔하여 세종을 따랐는데 아군이 고전에 빠진 것을 보고 부하에게 말했다.

　"왕이 위험하다. 내가 속하여 죽음을 불사해야 한다."

　그리고는 직접 선두에 서서 적진을 향해 진격했다. 『십팔사략』에 그린 이 전쟁의 상황은 다음과 같다.

　광윤은 사졸들의 앞에 서서 진두지휘를 했고 죽을 각오로 사졸들을 싸우게 했다. 일당백의 전쟁이었고 북한의 군은 대패했다.

이 공으로 광윤이 세종에게 더욱 큰 신뢰를 받게 된 것은 말할 것도 없다.

그 후 세종은 남정군을 일으켜 남당(南唐)을 치고 장강 이북 지역을 할양받는 데 성공한다. 그러나 이 전쟁도 순조롭지만은 않아 남당을 굴복시키는 데 2년이나 걸렸다. 그동안 후주의 군사는 점점 고전에 빠졌는데 그때마다 구원 투수가 되어준 것이 바로 광윤이었다. 그의 움직임이 없었더라면 남당전에서의 승리는 불가능했을지도 모른다.

조광윤은 이렇게 시기 적절하게 움직여 세종의 신뢰를 받고 실력자의 지위를 확고히 굳히게 되었다. 결코 운만 좋은 사람은 아니었다는 것이 이해되었으리라 생각한다.

진교역의 이변

황제가 되기까지 조광윤은 세종의 그늘에 가려진 존재였다. 그 지위에 걸맞는 실적과 명성을 직접 쌓아 올렸지만 그것은 어디까지나 세종의 부하 자격으로였지 황제 자리를 노린 것은 아니었다.

세종이 서거한 뒤 아들인 종훈이 3대째 왕위에 즉위한 것은 앞서 서술했다. 이를 공제(恭帝)라 한다. 이 공제가 즉위하고 반 년 뒤 거란 침공의 소식이 도에 전해진다. 명을 받은 조광윤은 부하들의 군세를 이끌고 도를 출발했다. 이 군단이 도에서 40리 정도 지점에 있는 진교(陳橋)역에 이르렀을 때 이변이 일어났다.

그 새벽 술에 취해 돌아와 숙면에 든 광윤을 심복인 조보(趙普)가 흔들어 깨웠다. 잠이 덜 깬 상태로 무슨 일인지 물으니 그가 말했다.

"여러 장수들이 서로 이야기를 나눈 결과 당신이 황제 자리에 있는 것이 좋다고 판단했습니다."

눈을 들어 밖을 보니 무기를 찬 장병들이 가득 모여 서서 침을 삼키며 광윤의 반응을 기다리고 있었다. 사실 광윤은 숙면 중에 동생인 광의(匡義)와 조보가 중심이 되어 함께 사전 교섭을 하고 있는 모습을 보았다. 조보는 아무 말 없이 광윤에게 황포(黃袍 : 천자의 옷)를 입혀주었다. 이에 밖에 있던 장병들은 소리 높여 만세를 불렀다.

이렇게 전선으로 향하던 군단들이 대장을 황제로 옹립하고 도로 돌아왔다. 중신들은 낭패였으나 어떻게 할 수 없었고 공제는 광윤에게 황제 자리를 내줄 수밖에 없었다. 무혈의 쿠데타가 성공한 것이다.

이 쿠데타 계획에 본인인 광윤이 어느 정도 참가했는지는 정확히 알 수 없다. 적극적으로 참여하지 않았더라도 이러한 계획이 있다는 것 정도는 알고 있었을지도 모른다. 그러나 기록으로 보면 본인으로서는 갑작스러운 옹립극이었다고 한다. 단, 조광윤은 옹립 조건으로 부하 장병들에게 다음 세 가지를 조건으로 내세웠다.

첫째, 태후, 유제를 놀라게 하거나 거역해서는 안 된다.
둘째, 중신들은 동료이므로 역시 거역해서는 안 된다.
셋째, 부고(府庫)는 국가의 보배이므로 약탈하지 않는다.

이 지시는 잘 지켜졌다. 이는 이런 류의 사건에 뒤따르는 문제를 없애고 유연한 정권 이양을 할 수 있게 했다.

이러한 일은 천하를 호령할 정도의 남자라면 누구나 생각해 보았음직하다. 사람들의 지지를 잃는다면 천하를 얻을 수 없고 설령 얻는다 해도 금세 다시 잃게 될 것이기 때문이다.

예를 들어 한의 유비가 그렇다. 그는 진의 도 함양(咸陽)에 입성했을 때 '법삼장(法三章)'을 포고하여 사람들의 지지를 얻어

내는 데 성공했다. 또한 명의 주원장도 직접 군단에게 세 가지 항목을 철저히 하라고 명했다.

첫째, 백성에게 거짓을 말하거나 백성을 살상해서는 안 된다.
둘째, 부녀자에게 폭행 위해를 가해서는 안 된다.
셋째, 백성의 가재에 손을 대서는 안 된다.

가까운 예로 모택동(毛澤東)을 들 수 있다. 그 역시 직접 인민 해방군을 향해 '3대 규율, 8항 주의'를 지키게 했다. '3대 규율'을 소개하면 다음과 같다.

첫째, 일체의 행동은 지휘에 따른다.
둘째, 대중의 것은 바늘 하나 실 한 개라도 건드리지 않는다.
셋째, 일체의 노획품은 공공의 것으로 한다.

이들의 왕성한 의기가 잘 드러난다. 단, 조광윤의 경우에는 그것이 정치적인 배려에서 나온 것이라기보다 그의 원래 성격에서 나온 면이 많았다.

'**평**화주의자' 조광윤

조광윤의 성격은 다음과 같은 문제 처리에서 잘 드러난다.

앞서 서술한 바와 같이 '5대 10국'은 난세였다. 그 원인은 각 지방에 할거한 절도사가 군사권을 휘두르고 공벌을 시작했기 때문이었다. 그들의 군사권을 방치하면 진정한 의미의 통일 국가는 불가능하며 또 언제 내란의 불씨가 될지 몰랐다.

이 문제는 황제에 즉위한 조광윤에게 가장 먼저 골칫거리로 다가왔다. 그래서 그는 심복인 조보를 불러 의견을 물었다.

"나는 천하의 군사를 잠재우고 국가의 장기 계획을 도모하고 싶네. 어떤 방법이 좋겠는가?"

조보의 대답은 이러했다.

"당말(唐末)에서 5대에 걸쳐 자주 제왕이 바뀐 것은 절도사의 권력이 강대해졌기 때문이고 그에 따라 군이 약해지고 신이 강해지는 기이한 현상이 일어났기 때문입니다. 그러므로 이제부터는 서서히 절도사의 권한을 뺏고 그들을 자유롭게 하는 금전 미곡을 제한하여 그들이 장악하고 있는 정병을 중앙 정부로 불러

들여야 합니다. 그리하면 천하는 저절로 태평해질 것입니다."

조광윤과 같은 의견이었다.

조보는 이렇게 말한 뒤 자신부터 직접 근위군을 개편하고 모든 장수들이 쥐고 있는 군권을 황제의 손에 반환해야 한다고 역설했다. 조광윤은 그 의견에도 이견이 없었다. 종래대로 그들에게 군권을 주어서는 자신의 지위가 위험해질 수 있기 때문이다. 황제의 자리를 지키기 위해서는 우선 발부터 묶어둬야 했다. 조광윤은 즉시 이 대책을 실행에 옮겼는데 이 역시 그다운 면모로 실행했다. 그는 술자리를 빠져나와 근위군의 장령(將領)들을 불렀다.

"나는 여러분의 움직임이 없었더라면 천자의 자리에 오를 수 없었을 것이오. 그러나 천자가 된 지금은 한순간도 마음의 여유가 없어 안심하고 잠을 이룰 수가 없소. 누구라도 상황만 되면 천자가 되고자 하겠지만 말이오."

장령들은 엎드려 절했다.

"당치 않은 말씀이십니다. 이미 천명까지 정해진 상황에서 어느 누가 천자의 자리를 넘보겠습니까?"

"여러분에게 그러한 마음이 있다고는 생각지 않소. 그러나 부하들이 부귀를 탐하면 어떻겠소. 여러분은 야심이 없겠지만 나와 같이 한 번 황포를 입게 되면 어쩔 수 없을 것이오."

"저희가 어리석어 그렇게까지는 생각지 못했습니다. 저희의 불민함이라 생각하시며 저희가 가야 할 길을 알려주십시오."

"인생은 짧은 순간에 지나지 않소. 그러한 인생에서 부귀를 좇는 것은 쾌락만 좇는 것이며 자손들의 배고픔은 생각지 않는 것이나 마찬가지오. 어떠시오. 여러분도 고초가 많은 장군의 지위를 떠나 자손의 번영을 도모하는 것이……. 매일 술이나 마시며 편안한 인생을 즐기고 싶지는 않소?"

장령들은 다음날 모두 사표를 냈다고 한다. 이렇게 근위군은 모두 황제에게 직속되었고 이 개혁으로 황제의 권력은 현저히 강화되었다.

중국 역사 속에서 여러 왕조가 흥망을 거듭했는데 대부분의 경우 성립 과정에서 최고자와 공신들의 반목이 있었고 피로 피를 씻는 권력 투쟁이 발발하는 것이 통례였다. 유방도 주원장도 그러했으며 모택동도 예외가 아니었다.

그러나 조광윤은 그렇지 않았다. 이 이야기에서도 알 수 있듯이 부하들에게 솔직하게 본심을 토로하고 이야기로 해결하고자 했다. 절도사의 권한에 대해서도 강권의 발동을 피하고 시간을 두고 유연하게 대처하여 결국 성공했다. 이것이 광윤이 가진 성격이었다.

인효 활달하고 도량이 큰 조광윤

조광윤에게는 황제가 되고자 하는 야심이 전혀 없었다. 그런데 의도하지 않았는데도 그 자리에 앉게 되었다. 그러나 그렇게 황제가 되면 불안감을 감출 수 없기 마련이다.

그는 즉위 직후 자주 잠복 민정 시찰을 나갔다고 한다. 또 밤중에 혼자 궁전을 나와 공신들의 옥루를 자주 방문했다.

지켜보던 측근이 간언하자 그가 대답했다.

"천명을 받은 사람은 누구라도 자유롭게 천자가 될 수 있으나 나는 사마가 아니지 않소."

이 강변은 자신을 내세우기보다는 오히려 불안감을 나타낸 말이라고 할 수 있다.

『십팔사략』에 조광윤이라는 사람은 '인효 활달하고 도량이 크다'라고 기록되어 있다. 그는 남을 배려할 줄 알고 작은 일에 대해서도 부하들의 의견을 자주 물었다. 이는 다른 사람 위에 서는 지도자라면 누구나 갖추어야 할 조건이다. 그러나 '배려'가 너무 심하면 지도자로서 오히려 결격 사유가 될 수도 있다. 부하의 처지나 백성의 기분을 너무 많이 배려하여 우유부단해지기 쉽기 때문이다. 광윤도 그러한 성격적 측면이 약했다.

이런 이야기가 있다.

어느 날 정무를 마치고 거실로 내려가는데 웬일인지 우울한 모습이었다. 그런 모습이 계속되자 주위 사람들은 걱정이 되어 물었다. 그랬더니 광윤이 대답했다.

"그대들은 천자가 기분 좋은 직업이라고 생각하겠지만 그렇지 않소. 지난번에 내가 실수로 잘못된 지시를 내렸는데 자꾸만 그것이 신경 쓰여 기분이 우울해진 것이오."

이렇게 내성적인 성격이었던 그는 결단력도 약했다.

그런 면에서 광윤의 약점을 보완해 준 사람이 조보라는 재상이었다. 이 사람은 일찍이 광윤의 심복이었고 즉위하자마자 재상에 임명되어 국정을 돌보며 나라의 기초를 다졌다. 조보는 의지가 강하고 결단력이 풍부한 사람이었다. 주위 사정은 개의치 않았으며 힘차고 활동적이었다. 이런 일화가 있다.

조보가 어떤 인물을 어떤 지위에 추천했는데 광윤이 거부했다. 그랬더니 조보는 다음날 다시 같은 조건을 내세웠다. 조보의 집요함에 화가 난 광윤은 진상된 문서를 박박 찢어버렸다. 그랬더니 조보는 찢어진 문서를 들고 물러선 뒤 그 다음날 그 문서를 다시

붙여 또 제출했다. 이에 끝내 광윤도 그 인사를 승인했다고 한다.

어떤 남자가 승진할 만한 공적을 거두었다. 그런데 광윤은 이전부터 그 남자가 마음에 들지 않아 승진 허가를 내리지 않았다. 조보는 온 힘을 다해 승인을 요청했다. 그러자 광윤이 '이 승진을 절대로 허락할 수 없다면 어떻게 할 것인가?' 하고 물었다. 조보는 물러서지 않으며 '형벌과 포상은 천하의 몫입니다. 개인의 감정으로 이를 행하려 하시다니요!' 라고 말했다.

광윤은 화가 나서 자리를 떴고 조보도 주저없이 그를 따라 나섰다. 광윤은 그대로 궁중 문을 잠그고 들어갔으나 조보는 문 앞에 서서 끝까지 물고 늘어졌다. 결국 지친 광윤은 그 인사를 승인할 수밖에 없었다고 한다.

대조적인 성격을 가진 이 두 사람은 매우 잘 어울렸다. 조광윤은 좋은 보좌관을 만난 것이다. 그는 이런 면에서도 운이 좋았다고 할 수 있다.

지도자와 보좌관

조광윤이 황제에 즉위한 뒤 송 왕조를 세웠다고는 하나 아직 황하 유역 일대를 지배 하에 두지 못했다. 몇 개인가의 나라가 할거하여 광윤의 출방을 대기하고 있었다. 완전한 통일을 달성하기 위해서는 이 제국을 멸망시켜야 했다. 그렇다면 어디서부터 손을 써야 할까. 그리고 어떤 작전을 써야 할까. 이 역시 광윤에게는 골치 아픈 문제였다.

눈이 내리는 어느 날 밤의 일이다. 누가 재상 조보의 옥루 문을 두드려 열어보니 황제 광윤이었다.

광윤의 미행벽에 대해서는 앞서도 이야기한 바 있다. 그래서 조보는 조정에서 돌아온 후에도 의관을 벗지 않고 항상 황제의 불시 내방을 대비했다고 한다. 그러나 이날만은 눈도 많이 내려 나올 리 없다 생각하고 잠자리에 들 채비를 하고 있었다.

조보는 놀라며 광윤을 맞아들였다. 방석을 몇 개나 겹쳐 깔아주고 불을 많이 때서 고기를 굽게 했다. 광윤은 조보의 아내를 '누이'라 친숙하게 불렀는데 이때의 모습은 서민들의 풍경과 똑같았다. 자리가 편안해지자 조보가 온 사연을 물었다.

"이렇게 눈이 많이 내리는 야심한 밤에 일부러 여기까지 오시다니 무슨 특별한 일이라도 있습니까?"

"아니오. 아무리 해도 잠들지 못해 그렇소. 모처럼 도성 밖으

로 한 걸음 나와도 모두 다른 사람들 집 밖에 없어 마음이 불안
하던 차에 얼굴이나 한번 볼까 하고 왔소."

조보가 물었다.

"폐하는 아직 폐하의 천하가 작게 느껴지십니까. 그렇다면 남
정북벌 모든 계획을 실행하기에 지금이 절호의 기회입니다. 폐
하의 생각은 어떠십니까?"

"나는 북한의 태원(太原) 공략을 생각하고 있소."

조보는 한참을 침묵하다가 입을 열었다.

"그것은 제 생각과는 조금 다릅니다. 무릇 태원은 서쪽으로는
서하(西夏), 북쪽으로는 거란이 위치한 요충지입니다. 지금 그
곳을 공략하면 우리 나라는 직접 양국의 침공에 대비해야 합니
다. 어떻습니까. 태원 공략은 좀 더 지켜보시고 우선 다른 제국
을 평정하는 것을 생각하심이……. 우리가 그렇게만 하면 작은
태원 정도야 별것 아닐 것 같습니다만……."

이 말에 광윤은 다음과 같이 말하며 웃었다고 한다.

"내가 뜻도 없이 오랜만에 경을 시험해 보았소."

대외 정책의 기본 노선은 이 밤에 두 사람이 결정했다고 할 수
있다. 이 후 조광윤은 이 노선을 기본으로 하여 한 걸음씩 통일
을 완성해 나갔다.

이것이 최고자와 보좌관의 이상적인 관계일 것이다. 상대의 주장에 일리가 있다고 생각되면 그냥 한번 웃으며 자신의 의견을 바꾸는 것이 광윤의 장점이었다. 이리하여 그는 점차 대립국을 멸망시켜 나갔고 사후 처리도 역시 그답게 시행했다. 토벌한 상대 국의 왕이나 중신들을 모두 도로 불러 후하게 대접한 것이다.

일반적으로는 상대 국의 왕이나 중신들을 모두 죽인다. 그러나 그렇게 하지 않은 것이 조광윤이라는 최고자가 가진 성격이었다.

발군의 균형 감각

앞서 서술한 바와 같이 조광윤이라는 사람은 창업의 황제로서 매우 뛰어난 인물이었다. 대체로 파격적인 행동은 보이지 않았으며 영웅호걸이라는 느낌은 다소 모자랐다.

황제가 된 뒤 어느 날 왕궁의 정원에서 활 쏘기를 즐기고 있었다. 거기에 중신 한 사람이 찾아와 황급히 결재가 필요한 건이 있으니 알현을 요청한다고 했다. 어떤 일인지 가지고 온 문서를 보니 화급하기는 하나 그다지 서두를 필요가 없는 결재 사항이었다. 조광윤은 호통을 쳤다.

"이게 무슨 황급한 용건인가?"

중신이 대답했다.

"황공하옵니다만, 활 쏘기보다는 급하옵니다."

광윤은 당황했으나 곧 근처에 있는 도끼 자루로 중신의 얼굴을 내리쳐 치아 두 개가 부러지고 그는 바닥에 쓰러졌다고 한다. 중신은 말없이 땅바닥에 무릎을 꿇고 떨어진 이를 주워 들었다.

당황한 것은 광윤이었다.

"자네, 그것을 증거라고 나에게 내미는 건가?"

"폐하께 하소연하는 것이 아닙니다. 그렇지 않아도 이 사실은 사관이 정확히 기록할 것입니다."

광윤은 사관의 기록이라는 말에 큰일이라고 생각한 모양이었다. 이러한 것이 기록되면 후세 사가들에게 웃음거리가 되고 폭군이라는 비난을 받을 우려가 있다. 그는 자세를 바꾸어 그 중신에게 막대한 상해 보상금을 주고는 물러가게 했다. 우스운 이야기이지만 정사에 기록된 실화다.

또한 이런 이야기도 전해진다. 조광윤은 사냥을 좋아했다고 한다. 만년의 어느 날 근교로 말을 타고 토끼 사냥을 나갔다. 그런데 말이 웅덩이에 발이 빠져 흔들려 바닥에 떨어졌고 화가 난

그는 그 말을 죽였다. 그러나 곧 후회하면서 말했다.

"나는 천하의 왕이면서도 어찌 아무 생각 없이 사냥을 일삼고 이유없이 말을 벌했던가."

그리고 다시는 사냥을 나가지 않았다고 한다.

이 일화들에서도 알 수 있듯 광윤은 금방 화를 내는 사람이었다. 그러나 금세 그것을 반성하고 사후 처리를 도모하는 균형 감각을 지녔다. 결코 폭주하지는 않았다. 그러나 이것은 아무리 생각해도 영웅호걸의 인상을 주지는 못한다.

그렇다고 해서 그는 평범한 사람도 아니었다. 앞서 서술한 것과 같이 광윤이 심복으로 중용한 사람은 조보였다. 그는 적극 과단한 인물로 광윤에게 부족한 점을 잘 보충해 준 반면 너무 의기 왕성한 것이 결점이었다. 그에게는 독단 전행(專行)의 습관이 있었다.

조보가 재상으로 정무를 볼 때는 항상 방 안에 커다란 항아리를 두고 마음에 들지 않는 상소문이 들어오면 그 안에 던져 넣고 태웠다고 한다. 그렇게 반대 의견은 완전히 무시하며 집무를 했다.

나라가 만들어진 초기에는 그런 만용도 필요하겠으나 체제가 정비된 이후에도 그러면 폐해만 늘 뿐이다. 광윤도 그것에 대해 괴로워한 듯하다. 그는 재상 복수제를 도입했으나 그것도 못미더웠던지 아끼던 조보를 파면하기에 이른다. 지방의 절도사로

전출시켜 국정 중추에서 멀리 떨어뜨려 놓은 것이다.

광윤은 일견 평범해 보이면서도 그러한 기본적인 견식과 결단력은 확실히 지니고 있었다. 앞서 광윤을 지칭하여 '평범 속의 비범' 이라는 표현을 쓴 것이 딱 맞아떨어진다.

죽어서야 맛보는 창업자의 비애

조광윤은 서력 976년 10월 도의 개봉으로 갑자기 죽었다. 술을 아주 좋아해서 술을 너무 많이 먹고 뇌출혈과 같은 병에 걸렸다고 한다. 재위 17년 동안 천하 통일의 대업은 완성을 목전에 두고 있는 상태였고 내정도 순조롭게 회전되고 있었다. 그러한 점에서는 안타깝기도 하지만 일단은 운 좋은 일생이었다고 말할 수 있다.

그러나 후계자 문제에서는 그의 의사에 반하는 결정이 날 가능성이 컸다. 그에게는 덕소(德昭, 당시 26세), 덕방(德芳, 당시 18세) 두 명의 성인이 된 아들이 있었을 뿐만 아니라 송 왕조 2대로는 동생인 광의(光義 : 처음에 匡義라고 썼던 이름을 개명함)도 있었기 때문이다.

이 최고자가 바뀌는 과정을 정사 『송사(宋史)』에는 '광윤, 목
숨을 다하지 못하고 서거하다. 50세', '태조 서거. 광의 황제 즉
위'라고 간결하게 적혀 있다. 이에 반해 『십팔사략』의 기술은
다음과 같다.

태조(광윤)가 중태에 빠졌을 때 황후 송씨는 환관인 왕계은(王
繼恩)에게 명하여 아들 덕방을 불러오게 했다. 그러나 왕계은은
덕방을 부르지 않고 곧바로 진왕(晉王, 광의)을 부르러 갔다.

진왕이 병상으로 가보니 태조는 관계자 외에는 모두 나가라 명
하고 두 사람만 무언가 이야기를 나누었으나 그 내용을 알 리가
없다. 단 멀리서 등불에 비친 모습을 보니 진왕이 자리를 떠난 모
습이 보였을 뿐이다. 마지막에 태조는 작은 도끼를 집어 들고 침
상을 내려친 뒤 '이제 다했다'라며 절규했다고 한다. 이렇게 태조
는 무너지고 진왕이 즉위했다. 그러나 이 기술에 대해서는 옛날부
터 이설이 많았고 이 건은 결국 '천고(千古)의 의안(疑案)' 즉, 영
원히 해결되지 않는 수수께끼가 되었다. 특히 작은 도끼에 대해서
는 '촉영부성(燭影斧聲)'이라 하여 여러 가지 억측을 낳았다.

단, 말할 수 있는 것은 다음과 같은 것들이다.

첫째, 조광윤 자신은 급사했으나 생전에 후계자를 지명해 두

었다는 점. 둘째, 광윤의 죽음 전후 황후 송씨가 덕방을 옹립하려 했다는 것. 셋째, 진왕 광의 일당이 황후의 움직임을 저지하고 자신이 제위했다는 사실.

진왕 광의는 조광윤의 친형제이며 개봉의 윤(尹 : 도성권 장관)으로 조정 내외에 조용히 세력을 구축해 왔다. 힘의 관계로 말하자면 그가 후계자의 지위에 오른 것도 당연했다. 그러나 그것이 조광윤의 의향이었느냐 하는 것은 커다란 의문일 수밖에 없다. 조광윤에게 더욱 불행했던 것은 자식인 덕소가 태종(광의)에 의해 살해되고 덕방도 병사했다는 점이다. 그리고 이후 북송 시대 150년 동안 광윤의 직계가 제위에 오르지 못했다. 대개의 왕조는 초대에서 2대로 이행할 때 항상 소동이 벌어지고 골육 상쟁이 일어난다. 한, 당, 명 모두 그랬다. 최근 예로 모택동 사후 때도 그러했다.
조광윤의 경우도 예외가 아니었다. 그런 의미에서 광윤 역시 지하에서 창업자의 비애를 느끼고 있으리라.

이 작품은 1989년 7월에 PHP 연구소에서 간행된 『활자로서의 중국 고전』을 개선한 것이다.